장편소설

빛과 그림자

윤 진 상

장편소설

빛과 그림자

윤 진 상

신아출판사

■ 차례

제1장
결별할 수 없는 생존

눈물 고인 갱구	9
거 봐, 뺑이야	41
과오는 하느님한테도 있다	62
다시 걷는 걸음	94

제2장
삶이라는 계단

어느 날 문득	143
바람의 몽상	154
세상과 어깨동무한 사내	173
그림자의 절규	192

그들은 세상을 만나러 가기로 했다.
그랬으나 그들은 세상이 어디에 있는지 알지 못했다.
뿐이랴. 세상이 그들을 만나 줄는지는 더더욱 알지 못했다.
그들은 세상을 알지 못한 채 살아가야 했다.

| 제1장 |

결별할 수 없는 생존

눈물 고인 갱구
거 봐, 뻥이야
과오는 하느님한테도 있다
다시 걷는 걸음

눈물 고인 갱구

#〈 〉

"배 안 고프냐?"

뒤따라오는 줄로만 알았던 필무必戊가 마휘麻輝의 등에 대고 하는 말이었다.

"뻔한 소리는 왜 하냐? 안 고프면 사람 아니지."

무참하게도 마휘는 그렇게 타박을 놓고는 발걸음을 계속 옮겨 놓고 있었다.

필무는 그만 머쓱해지고 말았다.

마휘의 기분을 이해하지 못하던 것은 아니지만 그건 아니지 않겠는가 하던 것이 필무대로의 생각이었다.

어떻게 한마디로 그렇게 할 수 있단 말인가 하는 야박함이 울컥

했지만 참을 수밖에 없었다.

그렇지 않겠는가. 탄수화물 결핍으로 누군들 짜증이 안 난다고 할 수는 없었지만 두 사람의 경우는 그렇지 않았기에 말이다.

한편, 마휘로서는 또 그대로 이유가 없지 않았던 것이다. 그러니까, 그때 마휘는 낯선 골목길 거기서 마주친 황당함에 내심 쫓기던 나머지라 심리적 여유가 있지 않았다. 그건 마휘로서도 전혀 예상하지 못한 것이기도 했다.

낯선 마을의 어두워져 가는 골목길을 걷게 된 두 사람은 처음 촌락의 추녀 끝을 타고 흐르는 자욱한 저녁 짓는 연기며 울타리 너머로 낭자한 집집의 사람 소리 등으로 먼 빛으로나마 사람 냄새를 접했다고 하지 않겠는가 하는 생각이었는데 막상 나서고 보니 일은 맹랑하게 그렇게 꼬이게 되었던 것이다. 그랬으나 그건 모두 배고픔에서 비롯된 헛된 망상의 결과였으니 어쩌겠는가.

마휘는 예상하지 못한 사태로 해서 걸음까지 비칠거렸다. 그래서 조급함으로 황망히 내빼게 되었다.

기분은 마냥 기습을 당한 것만 같았다. 거기에는 혹시 모를 일로 변변치 않은 자신들의 행색까지 들통 나는 때면 바닥모를 수치심마저 떠안아야 하던 것이라 도망치듯 하게 되었다.

언감생심으로, 그들의 구실은 나중에야 실책이었다는 걸 알게 되었고 후회는 이미 때 늦은 일이기만 했다.

그들은 배가 고팠다. 그건 현실이었다. 현실은 냉혹했다.

필무는 마휘에 비해 몸집이 왜소하지만 땅딸막한 편이었다. 기여이 볼멘소리가 필무의 입에서 터져 나오고 말았다.

"그런데 우리가 이 골목은 왜 헤매고 있냐?"

아까까지 이유를 모르지 않았던 필무가 뒤늦게야 그렇게 몽니를 부리는 어투로 쏘아붙였던 것이다.

"몰라. 난들 아냐?"

곁으로는 아무렇지 않은 척 하던 마휘는 이때도 마찬가지였다.

"제길 헐. 저녁 굶은 개도 아니고 이게 무슨 꼴이람."

뭔가 풀리지 않는지 필무는 못내 불만이었다.

"그럼, 넌 안 굶었다는 소리냐?"

"그건 아니지……."

"저녁은 굶었더라도 아침은 먹었냐?"

"아침도 그래."

"그럼, 어제는 밥을 먹었다는 것 아냐?"

마휘는 흡사 생판 사정 모르는 사람처럼 그렇게 몰이붙이고 들었다.

"뻔한 걸 왜 또 그래?"

이번에는 필무가 역정을 내었다. 그러다 두 사람은 곧 아무 일도 없었던 것처럼 입을 닫고 말았다. 조금 후에야 마휘가 하던 것도 그 말의 연속이었다.

"그렇다면 너, 맨탕으로 굶었다는 소리구나?"

"말하자면 그런 뜻이지."

두 사람은 뻔한 사정이었다.

며칠 째 굶은 것은 두 사람 똑 같았다.

걸음을 옮겨놓을 때마다 몸이 휘청거리는 것은 어쩔 수 없었다. 절실하던 것은 복부를 채워 줄 얼마간의 음식물이었지만 먹을 것이 떨어진 그들로서는 대책이 없었던 것이다.

먹을 것은 아무 것도 없었다. 눈물겹도록 비참한 처지였다. 그렇다고 낯선 동네 비좁은 골목길을 걸으면서 하던 그들의 대화가 빈 복부를 채워주던 것은 아니었다.

그들 두 사람은 동갑내기였고 같은 탄광에서 함께 일하던 동료 광부이기도 했다. 그들이 들고양이처럼 마을로 내려와 낯선 골목길을 걸어보고자 했던 것은 별다른 뜻이 있던 것은 아니었다. 거기에 일말의 기대가 없지 않았다면 혹시 모를 일로 떨어진 음식물이라도 있을까 하는 막연한 생각이었지만 그러나 그건 요만치도 바랄 것이 못되었던 것이다.

굶주린 하이에나가 들판을 헤매던 것도 혹시나 하던 것 아니겠는가. 두 사람이 무작정 헤매던 것도 그에 다름 아니던 것이었다. 결국 뭐 먹을 만한 게 없나 하는 기대였는데 지금의 그들로서는 배가 너무 고파 막연한 그런 기대에 이끌려 잠시 마을로 내려오게 되었지만 기대는 역시 아니었다.

먹지 않아서 공복상태가 찾아오고 그리하여 종내는 죽을지도 모른다는 절박함 앞에서 동물적인 생존의 한계라는 걸 직면하게 된 그들로서는 궁여지책이나 다름없는 행보였지만 낯선 마을은 알아주질 않았다. 배가 고프다는 것, 먹지 않아서 배가 고프다는 것은 확실히 동물적인 현상이라 하지 않을 수 없었다. 그러고 보니 인간은 동물 이상은 아니었던 것이다. 아무리 아니라고 해도 인간은 동물의 범주를 벗어나지 못하던 것이었다. 금강산도 식후경이라는 말이 괜히 있는 게 아니었다.

안 먹으면 배가 고프다는 말은 만고불변의 진리였다. 뿐이랴. 굶어서 죽는다는 것은 진리 이전의 말이기도 했다.

"그만 돌아가자."

뒤에서 필무가 채근질을 했다. 돌아간다고 밥이 기다리던 것은 아니었다.

마휘는 아무 말 않고 돌아서서 필무를 따라 걸었다.

그들은 아무 것도 없는, 이제는 폐허가 된 탄광으로 되돌아오게 되었다.

탄광에는 그들 두 사람뿐이었다.

〈 〉

어디선가 정체모를 바람이 몰려 올 때면 검은 탄가루가 거기에 합세를 해 소용돌이를 이루었다. 그건 특별한 일이 아니었다. 그저 바람이 이는 때면 일상적일 뿐이었다.

사방이 산으로 둘러싸인 지형에 암벽으로 해서 나무 한 그루 없는 주위라 산이라기보다 그냥 시커먼 암벽덩어리로 에워싸인 지형이었다. 그 암벽이 불편하던 것은 아니었다.

구름 한 점 없이 쾌청한 아침 날씨로 햇볕을 받아 번들거리는 암벽이 눈에 거슬렸다. 그런 암벽에 몇 개구멍이 숭숭 뚫려서 마치 벌통 같아 기이한 형상이지만 어제 오늘의 일은 아니었던 것이다.

한 때 요란한 굉음을 내며 채탄을 해서 꾸역꾸역 석탄을 파내던 갱구坑口들이 지금은 그렇게 한가롭기 그지없었다. 그래서 폐광으로 전락하면서 인적마저 끊어지고 말았다.

폐광이 된 그 갱구에서 아까 어슬렁거리며 바깥을 살펴보던 마휘가 바람이 소용돌이를 쳤던 공터로 나가 그 끝에 멈춰 서게 되었다. 공터는 이제 마당 역할을 하지만 그 전에는 채탄한 석탄을 쌓아 저장하던 곳이었다가 한 때 체불 임금문제로 광부들이 모여 시위를 벌이던 곳이기도 했다.

마휘는 마당 끝에 나서서 저 아래를 내려다보고 있었다. 그는 비쩍 마른 체격에 키만 훌쩍한 데다 행색이 남루해 넝마주이에 다름 아니었다. 눌러 쓴 낡은 빨간색 야구 모자까지 볼품이 그랬다.

그는 몸이 휘청거렸다.

굶주림에서 오는 배고픔의 고통은 절박함의 다른 말이기도 했다. 그걸 잊기 위해 냇가로 내려가 풀잎을 뜯어 만든 배를 흐르는 물에 띄워 보내기로 했다. 배를 만들어 무수히 띄워 보냈다. 누군가의 손길에 닿기를 바라며 띄워 보냈던 것이다. 그랬으나 종이가 아닌 풀잎이라 절박함을 적을 수는 없었다. 누군가에게 전해야 할 것 같은 절박함은 못내 전하지를 못했다.

오늘은 냇가로 내려가지 않기로 했다. 그래서 마당 끝에 나서서 손을 모자챙처럼 하고 저 산 아래 멀리를 이리저리 계속 살피게 되었다. 마휘의 그런 행동은 요즈음 들어 일상이 되다시피 했다.

그의 눈길이 훑고 있던 곳은 어제와 마찬가지로 산허리를 감아도는 흙먼지 나르는 비포장 도로 산길 신작로였다.

야속하게도 신작로는 텅 비어 있었다.

그때 저만치 떨어진 다른 갱구에서 주춤거리며 나오던 것은 필무였다.

그들은 거기 유배된 몸이 되면서 어쩔 수 없이 혈거족穴居族이나 다름없는 처지로 전락했던 것이다. 그랬지만 그들에게 무슨 잘못이 있어 그러던 것은 아니었다. 그들은 탄광의 광부로 체불임금을 받으려다 일이 꼬이면서 오도 가도 못해 그렇게 된 것이 저간의 사정이었다. 오갈 데 없이 된 그들은 우선 갱구 안에 개인용 텐트를 치고 얼마간 임시방편으로 버틴다는 것이 오늘에 이르게 된 사정이기도 했다.

바지춤을 움켜잡은 필무가 마휘의 등 뒤로 다가가며 하는 소리였다.

"사람이 밥 안 먹고 하는 소리가 뭐겠냐?"

마휘는 그 말이 마땅찮은 기색이었다.

"몰라. 네가 무슨 연구라도 했냐?"

"아냐. 연구는 안 했지만 아~, 배가 너무 고파서 그래."

그 소리에 시큰둥한 표정으로 마휘가 다시금 쏘아붙였다.

"미친 놈. 밥을 너만 안 먹었냐? 일 년 내내 밥 안 먹은 하느님도 그따위 소린 안 해."

"아휴. 난 하느님이 아니잖아. 난 밥을 좀 먹었으면 좋겠다 그거지. 어디 밥 좀 없냐?"

그런 필무를 상대로 마휘가 물었다.

"그럼 너, 밥 안 먹고 하느님 하겠냐, 배가 부르도록 먹는 돼지노릇을 하겠냐?"

"난 인간이잖아. 사람한테 그건 물을 게 못 되는 것 아냐?"

"이제야 네가 뭘 좀 아는 소리를 하는구나."

"배고픈 사람한테 그런 걸 묻는 건 예의가 아니지."

"미친 놈. 배는 네만 고프냐?"

"그래. 어디 밥 좀 없냐?"

"밥이 어딨냐. 있으면 널 안 주겠냐?"

"하긴, 그럴 테지."

"뻔한 소릴 왜 하냐?"

"아냐. 난 네 버릇을 알거든."

"내 버릇이 어땠는데?"

"그냥…. 버릇이 없다는 소리지. 그런데 넌 왜 늘 밥이 없다는 소리만 하냐? 어제도 없다, 그제도 없다, 그건 무슨 행투냐?"

"없는 걸 없다고 하지. 뭐라고 하냐."

필무는 힘이 푹 꺾이는 모양이었다.

"제길 헐. 이 산에는 왜 밥이 열리는 나무도 한 그루 없냐."

"난 이날 평생 돈이 열렸다 흔들면 우수수 떨어진다는 요전수搖錢樹 얘기는 들었지만 밥이 열리는 나무얘기는 듣지 못 했는 걸. 그런 나무가 있냐?"

"내 말은~ 왜 심지 않았느냐 그 말이지."

"배고픈 인생을 위해 헌신적으로 그런 일을 할 인간이 어디 있겠냐."

"그래서 부당하다는 거지. 세상에는 뭐 늘 배 부른 사람만 있으란 법은 없잖아."

"밥이 열리는 나무를 심으면 너처럼 일은 하지 않고 나무만 쳐다 보고 빈둥거릴 텐데 그건 안 되지."

"일 같은 건 좀 안하고 살면 안 될까?"

"근로란 인간이 살아가는 삶의 근본이고 원동력이란 걸 모르냐? 그걸 안 하게 되면 인간은 행복이란 것을 잃어버리게 되는 거라고~. 그래서 인간에게는 근로가 소중한 거야."

"그래도 우선 밥을 먹어야 근로를 할 것 아냐."
"기다려. 병지炳志가 오면 밥은 금방 지어 먹을 수 있을 테니. 기다리자고~."
그 말에 필무가 한숨을 내쉬었다.
"짜식이. 언제 오냐? 온다는 무슨 소식은 있냐?"
"모르지. 오늘은 올 테지."
꼼짝도 않은 채 섰기만 하는 마휘의 응답은 동문서답이었다.
그들이 기다리는 것은 병지였다. 병지 역시 그들과 같은 처지의 광부였다. 갱구에서 혈거족 생활을 하게 되면서 식량이 떨어지자 쌀을 구해 오겠다며 나간 후로 여태껏 온다 안 온다는 아무 소식이 없었다.
낙담하는 기색이 역력한 필무가 이번에도 하는 게 그 소리였다.
"제길 랄. 병지 그 자식, 안 오면 어떡하냐?"
"어떡하긴 뭘 어떡해? 기다려야지."
마휘의 눈길은 여전히 저 아래 신작로에서 움직이지를 않았다. 금방이라도 올 것만 같은 기대로 해서였다. 병지가 오지 않는 길은 두 사람의 가슴처럼 기다림으로 비어 있었다.
"제길 랄……."
그러자 마휘가 약을 올리자는 생각이었던지 필무를 향해 하는 말이었다.
"너, 자랄 때 천덕꾸러기였었지?"

그 말에 필무가 펄쩍했다.

"아, 아냐. 난 외동아들이라 온 집안에서 떠받들고 자랐지. 난 하나 아들이었거든. 그래서 온 가족의 사랑과 관심을 독차지하고 자랐다니까. 그건 세상에 자랑할 만한 일이지. 내 생애에 가장 빛나는 시절이었으니 말야."

"역시, 그래서 버르장머리가 없었구나."

"버르장머리야 없더라도 그때는 배는 안 고팠다니까."

"그러냐? 그렇다면 오늘도 밥을 안 먹었다는 소리 아냐?"

"못 먹었지. 언놈이 줘야 먹지."

"밥을 누가 줘서 먹냐. 찾아서 먹어야지."

"주지도 않거니와 찾을 수도 없으니 어쩌냐. 세상이 그렇게 공평한 줄 아냐?"

"못난 놈. 맨날 하는 게 세상에 대한 불평이야. 불평 하는 그 버릇 아직도 못 고쳤냐?"

"그게 버릇이냐? 난 태어나면서부터 그랬어."

"구제불능이구나. 세상이 공평하기를 바라는 것은 바보짓이야."

"왜 바보짓이냐?"

"세상은 공평할 수가 없어. 인간은 어떤 식으로든 이기주의적인 동물이거든. 제 앞만 보고 제 배만 부르면 그만이라고 생각하는 동물이라니까. 남이야 어떻게 되든 생각 안 하는 게 인간이야. 그래서 세상이 공평하려면 인간이 먼저 남을 배려하고 이타주의적

관점을 가져야 하는데 처음부터 인간은 그런 존재가 아니잖아."
 그들은 며칠째 밥을 구경하지 못한 처지였다. 굶었다는 뜻이었다. 밥을 할 쌀이 떨어지면서 그렇게 되었다.
 지금 그들에게는 다른 생각은 할 여유도 따로 어떻게 할 여력이 없었다. 철저하게 동물의 영역에서 배고픔에 시달리고 있었다. 그래서 영혼을 잃어버린 존재가 아니라 영혼마저 굶주린 짐승에 다름 아니던 것이 그들이었다. 굶주린 짐승에게는 다른 생각을 할 여유가 있지 않았다.
 두 사람이 그랬다. 그저 김 오르는 흰 쌀밥 한 그릇에 맛있는 김치 한 조각 쭉 찢어서 한 입 베어 무는 것이 최대의 소망이었다. 그것이 굶주린 동물성에 충실하기 때문이었다. 언제 비단 옷 입고 어울려서 배 두드리며 춤추는 축제 따위는 돌아 볼 여력이 있지 않았던 것이다.
 "그나저나, 어쩌냐?"
 "뭐가 그나저냐냐? 배고픈 사람한테 말 좀 그만 시키는 것도 적선積善이닷."
 "그게 좋은 줄은 나도 알아. 그렇지만 우리가 여기서 말조차 않는다면 뭐가 되겠냐?"
 "뭐가 되다니? 무슨 소리냐?"
 "일테면……, 최소한 짐승은 아니라는 것은 증명하고 살아야 할 것 아닌가 하는 생각이라 그래."

그렇게 말한 것도 필무였다. 그러면서 하늘을 올려보다 보았다.

"그래. 그건 좋은 생각이야. 비록 밥은 굶어도 우린 사람이니 말야."

그러면서 마휘가 한숨을 한 번 내쉬었다.

"안 오면 어쩔래?"

"누구 말이야?"

"누구긴 누구겠냐. 병지 그 자식이지."

"기다려야지."

여전히 기다린다고만 하는 마휘를 필무는 못마땅해서 쳐다보았다. 방지를 기다리는 것은 며칠 째였다. 병지는 오지 않았다. 그 시간을 기다림으로 채워놓기에 두 사람에게는 너무 힘들었던 것이다.

병지가 쌀을 싣고 올 신작로에는 개미 새끼 하나 얼씬하지 않았다. 사람은 더욱 얼씬하지 않았다. 그렇다고 해서 신작로에 무슨 죄가 있던 것은 아니었다. 얼씬하지 않는 것이 불만일 뿐이었다.

탄수화물 결핍으로 공복상태의 복부로부터 신경이 예민해지면서 이유 모르게 짜증이 나고 그 짜증으로 해서 다시금 예민해진 두 사람은 서로를 향해 곧잘 날카로운 말을 날리곤 하던 것이었다.

필무는 그런 신경을 달래고 짜증을 해소하고자 애를 썼다. 그래서 쓸데없는 말인 줄 알지만 쓸데없이 주절거리던 것이 필무였던 것이다. 그러므로 필무는 짜증스러워 하는 마휘를 이해하지 않던 것은 아니었다.

인간이란 배고픔 앞에는 무릎을 꿇지 않을 수 없는 존재였다. 거기에는 배고픔의 고통도 고통이지만 생존의 한계가 걸린 절박함으로 더욱 그러하던 것이었다.

먹지 않아 고픈 그들의 복부도 어쩔 수 없는 노릇이라고 이해하기로 했지만 그것도 잠시였다. 배가 고프다는 것은 이유 없이 눈물 나게 하기도 했다. 그들로서는 세상에서 이 보다 더 억울하고 슬픈 일도 없었다. 그렇듯 기다리는 방지는 도대체 종무소식이었다.

방지가 돌아와야 하는 데 왜 오지 않는지 알 수가 없었다. 언제부터 그들에게는 먹어도 같이 먹고 굶어도 같이 굶자는 동원결의와 다를 바 없는 협약이 정신적으로 맺어져 있었지만 그것도 헛것에 지나지 않는 꼴이 되어갔지만 누구를 원망할 수는 없는 노릇이었다.

이제 병지보다 텅 비어 있는 신작로가 더 야속했다. 빌어먹을~, 야속하다 못해 원망스럽기까지 한 길~. 길은 여전히 텅 비어 있었다. 그렇다고 그 길을 두고 시비를 걸 수는 없었다. 비어 있는 그 길은 그래도 쌀을 구하러 간 방지가 돌아 올 길이라 소중했다.

탄광이 폐업을 하고 임금을 체불한 채 사장이 잠적할 때도 저 길을 이용했던 것이다. 아니, 사무실이 철수할 때도 저 길이지 않앉겠는가. 그런 걸 생각하는 때면 저 길을 두고 좋게만 생각할 수도 없는 노릇이었다. 장비대여업자들까지 밀린 대여금을 받지 못해 주먹질에 아우성을 치던 끝에 장비일체를 실어서 가버릴 때도 저 길로 가버리지 않았겠는가.

사무실이며 창고며 구내식당인 함바의 문짝에는 법원에서 붙인 빨간딱지들이 너덜너덜 붙어 있었다. 그걸 붙이러 왔던 법원 관리들도 저 길로 오갔던 것은 마찬가지였다.

하여간 이제 그들이 바라던 것은 방지가 쌀을 구해서 저 길로 오기만을 목숨을 걸로 확수고대 하던 중이었다. 그것 밖에 방법이 없었다. 그것이 지금 그들이 처한 현실이고 운명이었다.

어찌하여 인간은 밥을 먹어야 하는 동물인지. 원망스럽기 그지없기도 했다. 안 먹고도 살 수 있었으면 좀 좋으랴. 애당초 점지할 때 뭔가가 한참 잘못 되었던 것이라 할 수밖에 없었다.

"~에잇. 퉤퉤! 더러운 인간."

필무는 방금 들이켰던 냉수로 해서 헛구역질이 나고 복부가 출렁거리는 것을 알았다. 그러다 나오는 헛구역질을 참느라 눈물을 흘리게 되었다. 간신히 구역질을 가라앉히고 보니 현실은 여전이 그대로였다.

함바가 떠나고부터 그들은 지금까지 끼니를 자체적으로 해결해야 했다. 밥을 대신 먹어 줄 사람이 없듯이 밥을 대신해 줄 사람도 있지 않았던 것이다.

모두가 떠나가고 이제 남은 것은 폐업으로 입 벌린 갱구와 그들 세 사람이었다. 세 사람으로서는 체불임금을 받을 때까지 기다린다는 것이 그렇게 쉬운 현실이 아니었다.

채탄을 하지 않고 장비들을 실어간 공간은 쓸모없이 되어 텅 비어 있었다. 거기에는 길 잃은 바람과 흩어진 탄가루가 만나는 곳으로 변하고 말았다.

한 때는 그래도 체불임금 달라며 이 마당 가득히 모여 이마에 붉은 띠를 매고 와쌰! 와쌰!! 하며 함성도 지르고 주먹으로 허공을 찔렀건만 이제 아무 소용이 없었다. 그게 어언 3개월여 전의 일이었다. 그러다 광부들조차 지친 나머지 하나둘 빠져나가고 마지막까지 남은 게 그들이었다. 마휘와 필무와 병지~. 세 사람이 전부였지만 끝까지 견디겠다는 것은 인내를 요하는 일 이상이기도 했다.

"병지, 그 녀석 혹시, 사장 놈을 닮아버린 것 아니겠냐? 인간은 욕하면서 닮는다고 했으니 말야. 그래서 헌 신짝처럼 우릴 배신하고……, 안 그렇냐?"

그 부분에서 마휘가 또 역정을 내었다.

"너, 사람을 그렇게 못 믿냐? 말이 좀 되는 소릴 해. 우리가 아는 병지는 그런 사람이 아니잖아."

"방지, 제 녀석이라고 뭐 다른 게 있겠냐? 인간이라는 종자는 똑같은 것인데~."

"사람을 믿어야 돼. 우리는 사람이니 말야. 그래서 방지는 죽어도 사람이야. 내가 알아. 그래서 우리는 믿고 기다려야 한다니까."

마휘는 완강했다. 그래서 필무는 그만 입을 닫기로 했다. 그랬지만 참는다는 끝에 또 그 소리였다.

"짜식, 안 오기만 해 봐라."

"안 오는 걸 어디서 어쩌겠냐?"

"찾아 가 요장을 내겠다 그거지."

"우린 병지 사정을 모르잖아."

"인간은 못 믿을 존재라서 그래."

"왜? 인간을 왜 못 믿냐? 그래도 믿어야 돼. 이 지구상에서 인간은 인간뿐이야."

"어째서 그렇냐? 인간은 수많은 생명체 가운데 하나일 텐데~."

"우리는 인간이니 말야. 너, 인간 노릇 아무렇게나 하는 것 아니다."

그러자 필무가 허공을 향해 지르는 소리였다.

"인간 노릇하기 정말 힘들구나!"

"우리는 인간이라는 이름으로 이 땅으로 왔었잖아."

"아휴~, 이참에 인간 사표를 내 버릴까 보다……."

그 말에 따라 이번에는 마휘가 필무를 놀리기 시작했다.

"사표? 그 사표 내 보지 그래. 그런데 누구한테 낼 건데?"

"누구한테……? 글쎄. 그건 생각 좀 해 봐야 되겠는 걸."

그러고 보니 그렇기도 했다. 누구한테 내야 합당할까. 어머니,

아버지……, 아니면 그 동네 이장(里長), 도대체 모를 노릇이기만 했다.

"그러니까, 그건 모르지. 사표를 받는 데가 어디 있을 것 아냐?"

"눈 닦고 보아도 이 세상에는 그따위 사표를 받아 줄 데는 없더라니까."

"어떻게 아냐?"

"난 경험자거든. 그런 사표, 예전에 여러 번 써 보았지."

한 동안 둘 사이에는 말이 없었다.

필무가 눈을 멀뚱거리다 다시금 하는 말이었다.

"우린 지금 먹는 문제에 너무 골몰한 것 아냐?"

"너, 생존과 싸우는 주제에 그따위 소리냐?"

말이 막힌 듯 한참동안 조용하던 필무가 다시금 구시렁거렸다.

"세상이 우리를 싫어하나 봐."

"왜?"

"우리를 구출해 주질 않으니 말야."

"바보 같은 소리는~. 구출할 게 따로 있지 우릴 왜 구해 줘?"

"내가 생존과 싸우는 전사로 구원군을 기다리고 있다는 이 절박함을 모르는 것 같아서 그래. 안쓰럽잖아."

"알면 어쩔 건대?"

"당연히 구출해 줘야지. 안 그렇냐?"

"누가 구출한단 말이냐?"

그 말에는 필무가 입을 닫았다. 그저 고개를 쩔래쩔래 흔들다 하는 말이었다.

"이렇게 하면 어떨까?"

마휘는 이제 응대 하는 것조차도 귀찮았다.

"뭘 어떻게 해?"

"우리가 조난을 당했다고 신고를 해서 구조하러 오게 하면 말야."

"그건 사기야!"

#〈 〉

"내 가서 병지를 찾아올까?"

필무가 하는 소리였다.

"기특하지만 그건 안 돼. 어디서 찾을 건데?"

그때 필무를 향한 마휘의 어조는 안쓰러워하는 투였다.

"세상을 뒤지지 뭐."

"아셔라. 네가 세상의 골목길을 다 알기나 하냐?"

"모르면 물어 보면 될 것 아냐."

마휘는 단호했다.

"넌 가지마."

"왜?"

"가는 때면 네 까지 잃어버리고 말야. 그래서 미아가 되면 어쩔 건대? 길을 잃고 헤매는 널 또 찾느라 고생하라는 거냐?"
"안 찾으면 되잖아."
"안 돼! 너라도 보고 살아야지. 그러다 보고 싶으면 어쩌냐."
"내가 왜 너한테 보고 싶겠냐?"
"우린 친구잖아. 친구니까 보고 싶은 거야."
"그 말 들으니 고마워서 눈물이 나려하는군."
"눈물은 조금만 흘려."
"하여튼 내 가서 찾아올 게."
"괜둬! 나중에는 헷갈려서 너 자신이 누군지도 모르게 될 거야."
"제기 랄. 무슨 소린지 모르겠네."
그러면서 갱구로 돌아갔던 필무가 투덜거리며 다시 나온 것은 한참 후였다.
"그나저나 병지가 온다는 무슨 기미는 있냐?"
역시 그 말이었다.
"없어."
"짜식! 안 오기만 해 봐라."
공터 끝에서 마휘는 여전히 신작로를 내려다보고 있었다.
"안 온다고 할 게 아니라 기다려 봐야 한다고 했잖아."
"기다려 본다? 그리고 보니 병지한테 내가 가르쳐 주질 않았다는 것 아니겠냐."
"가르쳐 주질 않은 게 뭔데?"

"거, 돈 한 푼 없이 쌀을 구하는 방법 말이지. 그걸 가르쳐 줬어야 하는 건데~~."

"히야…! 네가 그걸 안단 말이냐?"

"하긴. 난들 어떻게 알겠나. 당연히 모르지. 알았다면 왜 가르쳐 주질 않았겠나."

역정에 겨운 마휘가 핀잔을 했다.

"그런 바보 같은 소리는~. 밥 먹고는 안 하는 법이지."

"그래. 알아. 그래서 밥 안 먹었을 때 한 번 해 보는 것 아니겠냐."

"밥 안 먹었다고 헛소리 하는 인간은 경법죄에 해당된다는 걸 모르냐?"

"히야. 그럴 때는 갈 데 없이 경찰관 같은 행세를 하는구나."

"누구 말이냐?"

"누구긴 누구겠어. 한 때 경찰관으로 떵떵거렸던 작자지."

"너, 정말 사람 염장 지르는 소리 할 거야?"

마휘의 입에서 급기야 고함이 터지고 말았다.

그들이 탄광촌 채탄부 광부가 된 것은 그들의 잘못으로 그랬던 것은 아니었다. 말하자면 순전 순탄하지 못한 운명으로 해서였다. 그래서 한다면 운이 나빴던 탓이라 할 수밖에 없었다.

마휘는 전직 경찰관이었고 필무는 학생들을 가르치던 선생님이었다.

"방지가 안 오면 어떡할 건데?"
"어떡할 거 뭐 있냐. 올 때까지 기다려야지."
"한다는 소리가 왜 꼭 같냐? 고장 난 레코드 꼴이잖아."
"너, 밥 안 먹으면 어떻게 되는 줄 알지?"
"그래, 안 먹으면 죽는 거지. 뭐 별 수 있냐."
"답은 네가 가지고 있으면서 왜 나더러 말하라는 거냐?"
"사람이 이렇게 허술할 수는 없잖아. 그깐 밥 좀 안 먹었다는 이유로 죽긴 싫거든~."
"죽는 데도 이유나 명분 따위가 필요한 것 같냐?"
"다들 멀쩡하게 살아 있는데 나만 죽는다는 건 불공평하잖아."
"그건 억울하다는 소리아냐?"
"말하자면 그렇다고 할 수 있지."
"제길 헐. 꼬부라지긴~."

마휘의 눈길은 다시 신작로로 향하였다. 그러면서 망부석처럼 꼼짝하지 않고 서서 눈을 신작로에 박아놓고 있었다. 마휘의 표정에는 초조한 빛이 역력했다. 그런 마휘와는 달리 필무는 잠시도 가만있지를 못했다. 그 역시 초조한 빛을 감추지 못해 그러던 것은 마찬가지였다.

마치 정서적으로 안정이 되질 않은 주의력 결핍으로 과잉행동 장애 아이처럼 이리저리 왔다 갔다를 거듭했다.

필무는 무슨 말이든 하지 않으면 견딜 수가 없었다. 심리적으로 불안정하던 것이 분명했다.

#〈 〉

한참 만에 갱구에서 다시 나온 필무가 암벽 바위들을 두루 살피며 무엇을 찾는 사람 같은 행동을 했다.

짜증이며 욕구가 해소되지 않을 때면 곧잘 암벽 바위를 향해 주먹질을 하는 버릇이던 것으로 그랬다. 그런다고 바위에 무슨 원한이 있어 그러던 것은 아니었다.

바위에 균열이 가고 갈라지는 때면 세상이 바뀔지도 모른다는 생각이던 것이 필무였다. 그러나 그런 조짐은 어디에도 보이지 않았다. 때로는 자신이 기술자라면 바위에 구멍을 뚫고 거기에 폭약을 장착해 폭파라도 한 번 시도해 보고 싶었지만 필무는 그런 폭파기술자도 아니었던 것이다.

어쨌든 바위는 세상처럼 꿈쩍을 하지 않고 단단하기만 했다. 그런 것도 필무는 못마땅했다.

필무는 인제 그런 생각은 포기하기로 했다.

그런 다음 니죽니죽 해서 필무가 다가 간 것은 장승처럼 섰는 마휘였다.

필무는 마휘의 관심을 끌고자 연신 코를 킁킁거리며 주위를 빙빙 돌았다. 그러던 끝에 하는 소리였다.

"아니, 이거 무슨 냄새야?"

여전히 눈을 저 아래 신작로에 박아 놓은 채 마휘가 하는 말이었다.

"냄새는 무슨 냄새?"

"이거, 스컹크 냄새 아냐?"

그러면서 필무는 마휘의 앞뒤를 빙빙 맴돌았다.

"스컹크면? 그럼, 너는?"

"나야 뭐 지난 여름에 목욕을 했었지. 그리고 오는 여름이면 또 할 거고~~."

"그래. 목욕이야 언제든지 하면 되는 거지. 그런데 코까지 싸맬 거야 뭐 있냐?"

그 말에는 대답을 하지 않은 필무가 엉뚱한 말을 하던 것이었다.

"인간은 뭘로 산다고 생각 하나?"

"밥 힘으로 산다. 왜? 갑자기 무슨……, 자다가 누구 집 봉창 두드리는 거야?"

"이 산 중에는 우리 둘뿐이잖아. 둘만 산다고 생각하니 그래."

"제발, 청승떠는 소리는 관둬."

"난 지금까지 인간을 생각해 보질 않았거든. 그래서 하는 말이지."

그 소리에 마휘가 짜증을 냈다.

"인간, 그런 건 생각해도 그만 안 해도 그만이야."

"왜?"

"자꾸 하게 되면 눈물이 나려해서 그래."

"그렇냐? 그렇다면 내가 미안하네."

그 말에 따라 한숨을 내쉬던 것은 마휘였다.

마휘로서는 인간에 한이 맺힌 사람이기도 했다. 그를 그렇게 만든 것은 한 발의 총탄이었던 것이다.

한 발의 총탄~, 발사된 총탄은 앞으로 나갔다. 그 한 발의 총탄이 앞으로만 나가지 않았더라면 마휘의 인생은 지금쯤 적어도 이렇게 막장에 다다르지는 않았을 것이었다.

그는 오발을 했던 것이다. 경찰관으로 근무하던 파출소에서였다. 그 총탄을 맞은 사람은 민원인이었고 그 민원인은 그 자리에서 숨지고 말았다.

그때 마휘는 약혼을 한 몸으로 결혼 예정일을 달포 정도 앞두고 있었다. 오발로 업무상과실치사 혐의로 결론 났지만 그 책임은 면할 수가 없었다.

3년 6개월의 형기를 마치고 나왔을 때 그는 현직에서는 파면된 몸이었다. 그리고 보니 그 한 발의 총탄은 그의 인생 전부를 살해한 것이나 다름이 없었다.

이 탄광으로 오게 된 것도 교도소 감방 잡범 속에서 뒹굴다 얻어 들은 정보로 해서였던 것이다. 모든 세상을 등지기로 한 그가 숨어들 수 있는 곳은 탄광 막장뿐이라는 것을 알게 하던 것이 잡범들의 오가는 잡담 속에서 흘러나왔던 것이다.

#〈 〉

　문 밖에 빨간 딱지가 붙고 주인은 떠나고 없는 함바 주위를 빙빙 돌던 끝에 돌아 온 필무가 마휘를 향해 하는 소리였다.
　"궁즉통窮則通이라고, 아냐?"
　"무슨 소리냐?"
　마휘가 되물었다.
　"즉, 궁하면 통한다, 그것 아니겠나."
　"통할 게 뭐가 있냐?"
　"내가 방금 저 함바를 현장답사 했거든. 그랬는데 면밀히 탐사한 결과 저 안에 뭔가가 좀 있을 것 같애."
　"뭐가 있어?"
　"그러니까, 우리를 간절히 기다리는 것~."
　"그게 뭔데?"
　"뭐겠냐? 지금 우리들에게 가장 절실히 필요한 것이라면 먹는 것 아니겠냐?"
　"그래. 있은들 어떻게 하겠다는 거야? 덕지덕지 붙은 딱지가 안 보이냐."
　"일테면……, 궁하면 통한다~, 어디로 들어 갈 구멍이 있을 거다, 그거지."

그 말에 마휘가 정색을 했다.

"너, 우리가 아무리 급해도 못할 짓은 안 하는 거야. 그게 우리가 사람이라는 뜻이야."

"야, 사람 두 번 찾다 죽으면 뭐하냐?"

"죽는 건 죽을 때 생각할 문제야."

"그럴 것 없어. 내가 저쪽 환풍기 구멍을 발견했거든. 거기 판자 한 장만 뜯어내면 들어가는 건 충분할 것 같았어. 거기로 들어가겠다, 그거지."

"환풍기 구멍으로……?"

"그래. 우리에게는 어쩌면 생명의 구멍일지도 모르잖아."

"네, 까막소엘 가도 난 면회 안 간다."

"그래. 좋아. 그거야 당연하지. 내가 까막소엘 가는 때면 널 데리고 갈 테니 그런 걱정은 안 해도 돼."

"무슨 소리야? 네가 왜 날 데리고 가냐?"

"몰라서 그러냐?"

"뭘 몰라?"

"넌 당연히 공범일 테니 말야. 공동정범, 모르냐?"

"뭐야? 네 기껏 한 게 그 생각이었냐? 소위 학생을 가르쳤다는 선생 노릇한 인간이~~."

"이히힛. 걱정 말어. 내 단독범으로 할 테니. 내 인심 한 번 쓰지 뭐."

"잘 논다, 놀아! 쯧."

선생으로 근무하던 필무는 교실에서 수업에 방해가 되는 학생을 지적해 체벌을 하겠다고 하자 지목 당한 학생이 창문을 열고 뛰어 내리는 사건이 발생했던 것이다.

어쭙잖은 일이었지만 교실이 5층이었던 지라 화단으로 떨어진 학생은 숨지고 말았다. 여론과 학부모는 마치 준비하고 있었던 것처럼 날뛰었다. 딴 세상 사람으로 돌변해서 아귀처럼 달려들었다. 아무리 그래도 같은 세상 사람으로서는 그럴 수가 없었다.

하루아침에 그렇게 돌변하리라고는 생각지 못한 사건이었고 벌떼처럼 달려드는 사람들로 정신을 못 차리게 하던 그 행동들~. 난타전에 가까웠던 것이다.

그렇게 한 풀 벗겨진 세상은 거대한 괴물이었다. 그 앞에서 인간으로서 무릎을 꿇어야 했다.

그 거대함에는 부당함과 정의라는 이름이 함께 했으므로 도리가 없었다. 세상은 그런 것이었다. 항거할 수 없는 무력감은 좌절을 안겨주었다.

선생으로서 필무의 소명이나 변명 따위는 통하지 않았다. 몰아세우고 퍼붓는 것으로, 일방적으로 당하기만 했다.

그때부터 선생은 사람이 아니었다. 선생 정도야 죽어도 산다는 그렇게 악의적인 여론의 적이 되었던 것이다.

억울했다. 자신이 가르친 학생들의 부모며 여론이 그렇게 들고 일어나고 악랄할 줄은 생각하지 못했던 것이다.
　필무는 믿었던 것으로부터 배신을 당한 것만 같았다.
　지금까지 살면서 믿었던 세상이 그럴 줄은 몰랐던 것이다. 업무상 고실치사로 징역 2년에 집행유예 4년을 받는 것으로 법적 제재는 그렇게 마무리를 보았지만 세상은 그렇지 않았다. 세상의 법은 훨씬 가혹하고 엄혹했다.
　필무는 세상으로부터 달아나고 싶은 생각뿐이었던 것이다. 어딘가에 숨어서 세상을 등지기로 작정하게 되었다
　선생으로서 사직을 하고 돌아 섰을 때 밀려 드는 인간적인 환멸이며 배신감은 감당할 수 없었다. 이 세상에 믿을 것은 없다는 것도 알게 되었다.
　세상을 떠돌기로 했으나 그것도 편하지 않았다. 광부를 선택하기로 했던 이유는 거기에 있었다. 광부가 되어 갱 속으로 들어가 세상 같은 것은 보지 않고 살기로 했던 것이다.
　그때부터 세상으로부터 숨어버리겠다는 생각만 가슴에 안은 체 광부가 되었다. 어디든 세상이 보이지 않는 곳으로 가서 숨어살고 싶은 절박함~. 그래서 찾아 든 곳이 탄광이었고 세상을 보지 않고 살 수 있는 곳은 갱 속만 한 데가 없었다.
　거기서 운명처럼 만난 사람이 마휘였다. 급기야 둘은 서로 마음까지 의지하는 사이가 되었다.
　둘은 서로를 믿는 같은 심정이었다. 동료애를 넘어 선 아픔으로

맺어진 그야말로 인간적인 관계가 둘 사이였다.

믿었던 세상으로부터 배신을 당한 두 사람은 동갑내기라는 것도 서로를 신뢰하고 의지하게 했다.

풀지 못하고 다 하지 못한 원한도 비슷했다. 그런 것이 두 사람에게는 서로 위로가 되어 주기도 했다.

몸은 고되어도 마음은 편했다.

옆에 같은 동갑내기가 같이 땀을 흘리고 있다는 것에도 위안이 되었고 그리하여 서로간의 신뢰는 인간적인 가치의 형성이 되기도 했다. 그랬는데 문제는 탄광이 폐광되면서 문을 닫은 것이었다. 그렇다고 두 사람이 갈라서기로 한 것은 아니었다.

두 사람은 또 한 번 세상을 잃어버린 것만 같은 좌절에 또 한 번 어쩔 수가 없었다.

어디서 망치며 펜치 등 연장을 챙겨서 나타난 필무가 사다리를 받치고 함바의 환기통 판자를 뜯기 시작했다. 판자조각은 생각보다 쉽게 뜯겨졌다.

두 장을 뜯어 낸 다음 몸을 밀어 넣었다. 몸은 어렵지 않게 안으로 들어갔다. 안으로 들어 간 필무는 눈이 휘둥그레진 소리를 연방 질러댔다.

히야, 히야, 하는 감탄사를 연발하던 것으로 바깥에 있는 마휘까지 동하게 하던 것이었다. 하여간 그렇게 해서 필무는 함바에 있던 쌀을 비롯해 식료품을 송두리째 꺼내 온 셈이었다.

그러던 필무가 결정적으로 지르던 것은 들어간 구멍으로 얼굴을 내밀며 하는 소리였다.

"히얏! 노다지야, 노다지, 완전 노다지라니까."

그때는 마휘도 관심을 보였다.

"뭐야? 완전 노다지라고? 뭐가, 있다는 거냐?"

"쌀, 쌀이 두 포대나 돼. 그것도 20킬로 짜리로 말야. 그리고 커다란 뒤주 같은 통에도 쌀이 가득이야. 내 그것까지 몽땅 쓸어 담아 올 테니 여기서 기다리다 받기만 해."

필무는 뭔가 모조리 쓸어 담는가 보았다.

잠시 후, 필무가 들어 간 구멍으로 끙끙거리며 내밀던 것은 간단하지 않았다. 뜯지 않은 쌀이 두 푸대나 되던 것은 말할 것도 없고 통에 있던 것을 쓸어 담은 것만 해도 눈이 확 트일 만큼 상당한 양이었다.

무엇보다 고추장·간장·된장·김치~, 거기에 멸치며 김이며 고춧가루며 양념만 해도 가득했다. 쾌재를 부를 만도 했다.

필무가 나온 다음 판자는 본래대로 막아 놓아 감쪽같았다.

"히야! 이만하면 우린 이제 부자야!"

둘은 이때만은 허겁지겁해서 밥을 지었다. 그래서는 김치를 쭉 찢어 밥을 한 숟가락 와작 씹으니 세상 이런 행복한 일이 또 있을까 싶었다.

굶주렸던 공복에 먹는 밥이라 몇 숟가락 뜨지 않아 기진했던 두 사람 이마에서는 땀이 비 오듯 흘러내렸다. 그랬으나 정신없이 퍼먹은 밥으로 해서 두 사람은 곧바로 그 자리에 쓰러져 시간 가는 줄 모르고 잠에 곯아 떨어졌던 것이다.

식곤증이 몰아 온 잠으로 해서였다.

거 봐, 뻥이야

#〈 〉

산자락에 걸렸던 새벽안개가 서서히 걷히고 멀리서부터 햇살이 비치면서 깨어난 산간의 아침은 신선했다.

밤새 흔적을 알 수 없던 바람마저 덜 깬 잠을 털고 길을 나서던 지라 새들까지 가지에 나앉아 못다 한 노래를 목청껏 부르느라 재잘거리는 아침이었다.

갱 속 텐트에서 부스스 몸을 털고 나오는 필무는 흡사 비 맞은 중이 똥 밟은 꼴을 면치 못한 형상이었다.

뭐라고 혼자 소리로 구시렁거리던 끝에 마휘를 보자 대뜸 하는 말이 그랬다.

"나를 좀 만나야겠는데 어디엘 가면 만날까?"

그 소리에 순간, 마휘의 눈이 커다랗게 되었다.
"너, 어찌 됐냐? 그게 무슨 소리냐? 너를 만나다니?"
"왜 만나면 안 되냐?"
"아냐. 그런데 만나서 어쩔 건데?"
"만나서 따져 물어볼 게 있거든."
"점점 못하는 소리가 없구나. 따져서 물어 볼 게 뭔데?"
이번에는 마휘가 궁금해 했지만 필무는 아랑곳하지 않았다.
"아냐. 내가 왜 인간인지 그것부터 물어 봐야겠어."
"그래. 물어 봐. 속이 시원할 거야."
"나를 이렇게 만든 게 누군데 그래. 만나서 허구 헌 많은 생명체 가운데 왜 하필 인간인가 따져 봐야 할 것 같애, 인간이 아니면 이런 고생도 안 할 것 아냐."
"그건 비밀이야 하며 대답 안 해 주면 어쩔 건데?"
"따지는 거지. 내가 왜 인간이어야 하며, 왜 이렇게 살아야 하는지 말야. 이유가 있을 것 아냐. 그래서 삶의 존재이유를 설명하라고 할 거야."
"그건 내가 말해주지. 네가 인간이 아니었으면 무슨 짓을 했을지도 모르거든. 그래서 몹쓸 짓 못하게 인간으로 묶어 두고자 그랬던 거야."
"그렇다면 내 삶은 처음부터 형벌이었다. 그것 아냐? 나는 잘못한 게 없는데 왜 그래? 나는 처음부터 착한 사람이었거든~."

"인간이었으니까 착한 거지. 네가 만약 인간이 아니었으면 지각 없이 놀아나 무슨 몹쓸 짓을 했을지 누가 아냐. 안 그래? 네가 인간인 것은 다행이라고 생각해야지. 이제 알겠냐?"

"그렇다면 지금부터라도 내 인간을 한 번 시험해 보는 게 어떨까 생각하는데? 과연 인간은 살아 볼만한 가치가 있는 존재인가 하는 것 말야. 나는 이것을 나에게 시험문제로 제시하고 싶어."

"그 시험문제가 몇 점이면 합격인데?"

"그건 나도 모르겠어. 이 시험은 처음이라 놔서~."

"그래. 좋아. 부디 좋은 성적으로 정답을 받도록~."

"이 지구라는 작은 횡성에 인간의 삶을 능가할 만한 다른 무엇이 있지 않은 한 인간은 살아볼 만한 가치가 있을 거라고 생각했는데 뭔가 아닌 것도 같거든. 그래서 내 존재가 설 자리는 어디일까, 하는 것도 알아봐야 되겠어. 넌 어떠냐?"

"살아보아야 살만한 존재인지 어떤지 검증이 가능할 것 아니겠어? 이 세상은 승자 독식이잖아. 그게 세상의 구조야. 그런 것도 생각해 보아야지."

"해 볼 참이야. 그리고 인간의 삶이란 게 왜 이렇게 팍팍한지 모르겠어. 그뿐이 아냐. 내가 바라던 대로 되는 거라고 없어. 그것도 따져 보아야 할 것 같애."

"삶은 사는 것이 아니라 견디는 것이라고 했어. 거기에 우리가 할 일은 견딜만한 가치가 있도록 삶을 살아가야 하는 것이라고~.

후회하지 않는 건강한 삶을 살아가기 위해서 땀 흘리고 노력한다는 것~. ……이 지구상에서 인간만이 가장 살아 볼만한 가치 있는 생명체라는 것이 내 결론이야. 나 역시 한 때 내 삶이 심하게 훼손되는 수모를 당한 끝에 이 세상과 시대에 대해 분노하기도 했었지만 그건 짧은 생각이었다는 결론 앞에 무릎을 꿇고 말았어. 그러니 너도 참고로 생각을 한 번 바꿔 봐. 부디 좋은 결론이 나도록~."
"그 말에 동의할 수 있을까 몰라. 나는 내가 누구인지도 몰라. 나는 누구인지 그것도 알아 볼 참이야."

필무가 진중한 듯 그렇게 말했다.

"그거야 말로 네 자신한테 한 번 물어 봐야할 문제일 거야."

"그래. 잘못한 건 내가 아닌데 내가 왜 이 형벌 같은 삶을 떠안고 살아야 하느냐 말야. 그건 누가 봐도 부당하고 사리에 맞지 않은 것 아니겠어. 나는 그것도 따지겠다는 거지."

"그걸 따질 대상은 네 자신일 거야. 3억 몇 마리의 정자 가운데서 유독 네가 선택 되어 이 세상으로 왔다는 건 커다란 행운 아니었겠냐? 안 그렇다고 생각하냐?"

"그건 아냐. 인간은 모두 수동적이잖아. 내 자유의지가 참여하지 않고 결정하지도 않은 처사인 거지. 나는 도저히 동의할 수 없어. 나는 지금까지 내가 왜 태어났는지 모르겠다니까. 그런데 왜 내가 책임을 지고 한 평생 이렇게 땀 흘리며 죽을 고생을 해야 하느냐 그거야. 넌 같은 인간으로서 이 가혹한 형벌이 너무 가혹

하다고 생각하지 않냐?"

"그래. 네 말에 공감하는 바가 없는 건 아냐. 그렇지만 생각을 한번 바꿔 봐. 3억 몇 마리의 정자 가운데서 네가 선택 되었다는 것은 어떻게 생각 하냐? 축복할 일은 아니겠냐?"

"그건 나는 모르겠어. 그렇지만 모순된 처사가 아니냐? 형벌 같은 이런 고통으로 몰아넣어 놓고는 아무런 설명도 해명도 없이 그냥 방치한다는 건 도대체 무슨 수작인지 모르겠다니까."

그러는 필무를 향해 이번에는 마휘가 슬쩍 화제를 돌리기로 했다. 마치 아침 인사처럼 말했다. 마휘도 그때는 얼굴에 웃음기 까지 띄게 되었다.

"간밤에, 꿈은 좀 꾸었냐?"

그 소리에도 필무는 시무룩했다.

"꿈이 뭐냐? 개꿈도 못 꾸었어."

"왜 또 무슨 불만이냐? 인제 쌀도 있고 양껏 배 불리 밥도 먹을 수 있는 형편인데 심통이 왜 그렇냐?"

그랬지만 필무는 엉뚱하기만 했다.

"우리가 왜 이 지랄을 하고 있는지 모르겠다 그거야. 그런데, 넌 안단 말이야?"

"몰라. 난들 어찌 알겠냐."

"사는 게 뭐야? 사는 게 이런 거란 말이냐?"

"그래. 인생, 뭐 별 것 있냐."

"뭐야? 이게 사는 거라면 더럽다고 밖에 할 수 없잖아. 이건 너무 억울해."

"왜, 또 무슨 병이 도졌냐? 자꾸 그러면 버릇된다."

"이게 사는 거라면 말도 안 돼서 그래."

"말도 안 되는 게 뭐 그뿐이냐?"

"난 억울해서 그래."

"억울해 할 것 없어. 어차피 외상으로 태어난 공짜 인생인데 이만하면 됐잖아?"

"그 외상, 나는 모르는 걸. 내가 왜 갚아야 하냐? 난 원하지도 않았고 선택하지도 않았어. 난 이 세상 인생살이란 게 정말 지긋지긋해. 이따위로 지겨운 줄은 몰랐다니까."

"얼씨구. 알았으면 어쩔 건데?"

"알았다면, 당연히 안 왔을 테지. 지긋지긋한 이놈의 세상으로 뭣 하러 와."

"무슨 말을 해도 사람이 땀 흘리고 사는 것은 그 외상을 갚는 길이라는 걸 알아야 해."

"나를 이 세상으로 내 쫓은 게 누군데? 그 책임은 조물주가 물어야 하는 것 아냐? 안 그래? 난 산다는 것이 너무 지겨워."

"네가 사람이라는 걸 알기나 하야? 사람이란 본래 그런 거라는 거야."

마휘는 자꾸만 야죽거리며 필무의 부아를 돋우려 들었다.

"제길 헐. 사람 노릇하기 이렇게 힘들어서야 원."

"그건 누구나 마찬가지야. 너만 그런 게 아냐. 너 삶이라는 것에 따른 책임과 임무에 대한 것들이지. 그러니 힘들다는 것에 너무 불평하지 말어. 그게 도리일 거야."

"그렇다면 사람은 왜 사람인가?"

"사람이니까 사람이라는 것 아니겠냐."

"사람은 분명 신神은 아니잖아. 그렇다고 야수도 아니잖아? 그럼 신도 아니고 야수도 아닌 그게 사람이란 말인가?"

"글쎄. 그렇게 생각해도 되겠군. ……우리가 자신이 사람이라는 사실을 알았을 때 사람 노릇을 제대로 해야 한다고 생각하는 것도 그래서가 아니겠냐?"

"히야! 그러고 보니 소크라테스가 따로 없군."

"소크라테스 이후, 수백 년이 흘렀어. 그리고 그동안 수억 명의 사람이 이 지구를 거쳐갔거든. 그렇지만 사람이 무엇인지 제대로 말한 사람은 아무도 없었어."

"왜 그럴까?"

"왜 그런지 모르지. 알면 왜 말하지 않았겠냐."

이때 마휘는 필무를 상대로 장난끼를 계속 실실 더 돋우려 들었다.

"하여간 생각해 볼 문제야. ……그런데 혹시, 너 그 외상값 안 갚으려고 괜히 몽니 부리느라 그러는 건 아닐 테지?"

"몽니라니? 난 정직한 사람이야. 난 올 때도 빈손 맨 주먹으로 왔다구. 그렇지만 이따위 세상에 대해 이렇다는 말 한마디 듣지 못한 채 왔다구. 난 갈 때도 왔던 그대로 빈손 맨몸으로 갈 거라니까."

"그래서 정직하다는 거로구나. 어떻든 네가 착하고 정직하다는 건 하느님도 아실 테니까."

"너, 언제 하느님을 만나 고자질을 했었구나?"

"내가 그런 인간인 줄 아냐?"

"그럼?"

"메시지를 받았지."

필무가 불만 어린 표정으로 그 자리에 풀썩 주저앉았다.

"에잇! 더러워서."

"더러우면 어쩔 건데. 어차피 사람인 걸~."

마휘도 그 옆에 풀썩 주저앉았다.

둘은 같은 방향을 바라보고 있었다. 한동안 말은 하지 않았다. 건너편 산등성이에 걸렸던 구름이 손을 흔들며 떠나고 있었다. 산은 그 자리에서 아무 말도 하지 않았다. 새 한 마리가 날아갔다. 또 한 마리가 뒤따라서 날아갔다.

건너편 산등성에 새로운 구름이 떠 와서 머물렀다. 이름 모를 새의 구슬픈 울음소리가 메아리처럼 빈산을 길게 울렸다.

두 사람은 아무 말도 하지 않고 그냥 앉아 있었다.

필무가 사람이 뭐냐고 하는 것을 장난으로 넘기기는 했지만 마휘에게도 아무런 파장이 없던 것은 아니었다.

"세상은 왜 한 번도 내 뜻대로는 되는 게 없는지 모르겠어. 나한테만 너무 차별 대우 하는 것 아냐? 난 그것도 불만이야."

"쯧. 누가 널 데리고 온 자식 취급했다는 것이냐?"

"그럼, 공평하다는 건가?"

"공평하고 어쩐지는 몰라도 특별히 너한테 그렇게 세상이 불공평한 건 아냐."

"아냐. 세상은 안 그래. 나만 죽으라고 하는 것 같다니까. 이건 절대로 공평하다고 할 수가 없어."

이때부터 필무는 열을 내서 혼자 떠들어 댔다. 그동안 살아 온 세상에 대한 불만을 한 번 날잡아 터뜨리고자 작심한 듯 했다.

"도대체 뭐 하는 놈의 세상인지 모르겠어. 난 이놈의 세상에 대해 불만이야. 한 번도 내가 바라는 대로 되는 게 없단 말야. 그러면서 내가 생각도 않은 방향으로만 나를 몰아가게 한단 말이지."

"맙소사. 그건 운명이야. 세상 탓은 말어."

"그게 운명이라면 나는 그 운명과도 헤어지기로 하겠어. 헤어지기로 하겠단 말야."

그렇긴 했다.

이날까지 살아 온 바로 인간 세상에는 눈물과 땀을 강요하는 고됨이 따르던 것뿐이었다. 자신이 무엇인지도 모르는 채 살아 허우적거리다 세상이 끝나기도 했다. 영혼이 무너진 인간으로 기계처럼 움직이다 흘러 보낸 한 평생이었다. 거기에는 자신의 어두운 삶의 궤적도 없지 않다는 것을 마휘도 역시 모르지 않았다. 그럴지만 인간은 한 순간이나마 스스로 감동하는 삶을 산다는 것이 성공한 삶이란 것을 자신에게 말하고 싶었던 것이다.

무슨 뜻이던지 앞뒤 없이 필무가 말했다.

"나는 남들이 죽는 건 많이 보았지만 아직 내가 죽는 건 한 번도 보질 못했는걸."

"그렇냐. 하긴, 나도 그래. 네가 죽는 걸 한 번도 보질 못했다니까. 그건 불행한 사건일 테지. 안 그래?"

그러다 또 말이 없었다.

시간은 흘렀다.

두 사람은 한마디 말도 않은 채 끊임없이 앉아 있었다. 그러면서 그들은 말을 하는 것으로 생각했다.

누구도 입을 열어 말을 하지는 않았지만 상대의 마음이며 생각을 훤히 알고 있었기 때문이다. 말을 했다면 오히려 모를 것을 말을 하지 않기에 훤히 안다고 생각하던 것은 두 사람만의 관계였던 것이다. 그러니까, 말을 하지 않았기에 하고자 하던 말들이 고스란히 상대의 심성에 가서 차곡차곡 쌓이던 것으로 말이다. 그런 것이 두 사람만이 통하던 소위 텔레파시라 할 수 있었다.

두 사람은 오전 내내 그렇게 앉아서 한마디도 하지 않았건만 꼭 같이 많은 말을 한 것 같은 기분이었던 것이다.

필무가 앉은 자리에서 몸을 한 번 휘청 했다. 깜박 졸았던 모양이다. 필무는 자신이 졸았던 것을 변명하듯 마휘를 향해 하는 소리였다.

"넌 내가 싫으냐?"

마휘의 눈은 그대로 건너편 산등성에 걸려 있었다.

"싫다니. 무슨 소리냐?"

"아냐. 내가 꿈을 잘못 꿨나 해서 하는 소리야."

"우린 친구잖아."

"그래. 친구지. 그건 하느님도 아실 거야."

"하느님은 알지 못해."

"왜?"

"만난 적이 없으니 말야."

"모르지만 아는 게 하느님이잖아."

"그렇냐?"

"우린. 천민은 되지 말자."

"뭔 소린지 모르겠구나."

"구제불능이야."

"무엇이?"

"사람이면 사람다워야 한다는 소리 아니겠냐."

"하느님은 형제가 몇 분이나 될까? 너, 아냐?"

"무슨 소리냐? 하느님은 독신이잖아."

"그럼, 여기서도 저기서도 하느님 하고, 많은 사람들이 아우성이며 울부짖는데 혼자서 그 감당을 어떻게 다 하냐?"

"하느님은 그렇게 진실하지 않거든. 늘 보아오면서 뻔한 그런 소릴 왜 하냐? 쯧."

"그렇냐, 난 하느님을 만난 적이 없어 놔서~."

"하느님이 언제 사람 일에 신경 쓰는 걸 보았냐?"

"보진 못했어."

"사람이란 그냥 두면 스스로 해결하는 능력의 소유자라는 걸 하느님이 먼저 안단 말이야."

"난 하느님을 만나면 부탁을 좀 할까 했는데 그것도 아니구나."

"아닌 게 어디 그것뿐이냐? 네가 태어난 것부터 아닌 짓이었잖아."

"아휴. 이제야 너를 존경하겠어. 넌 어째 하느님보다 더 잘 아냐?"

"널 아니까 하는 소리지."

〈 〉

자고 난 아침 필무가 진지한 표정으로 마휘를 찾아 하는 소리였다.

"우리, 인제 여기서 떠나자."

"그건 무슨 변덕이냐?"

"변덕이 아니지. 난 인제 저 갱구가 잡아먹을 것 같아서 그래. 그래서 떠나자니까."

"떠나면 병지는 어떡하자는 거냐? 우리만 그냥 떠날 수는 없잖아."

"그렇다고 마냥 기다릴 수도 없잖냐."

"그래도 기다려야 해."

"넌 왜 그깟 고집만 부리려고 하냐?"

"생각해 봐. 우리를 믿고 애써 쌀을 구해 왔는데 우리가 없다면 얼마나 실망이 크겠냐. 병지 생각도 해야지. 안 그렇냐?"

그런 생각 앞에서는 필무도 번번이 할 말을 잃고 말았다.

"그러면 저 갱구는 어떡하면 좋냐?"

"지금까지 고맙게 잘 지내던 갱구를 갑자기 왜 그래?"

"잡아먹을 것 같다니까. 내 생각은 모르겠냐?"

"무엇 때문에 그래? 어째서 그런 생각을 하냐?"

"난 네가 불만이라면 병지를 기다리자는 그 고집이야. 다른 것은 다 집어치우고~~, 오지 않는 병지를 기다리자는 건 도대체 무슨 고집이냐?"

"너 나중에 죽을 때 일생 동안 가장 후회하게 할 게 뭐 뭐겠냐?"

"그거야 물론 후회 없이 살지 못한 것이 후회스러울 테지."

"바로 그거야. 그런데 무엇 때문에 너 인생, 후회 없이 살지 못했냐?"

"그건 왜 물어? 물은 흘러가고 모래만 남는 것처럼 물처럼 흘러가는 삶은 나를 버리고 그래서 모래알처럼 후회만 남겨진 것 때문일 테지. 누구나 삶을 두고 후회하지 않은 인생이 있겠나."

"후회하지 않으려거든 더 자숙해. 인생을 위해서도 네가 할 일은 그거야."

그 말에 필무는 열을 받았던지 숨까지 시큰거렸다.

"이딴 놈의 세상, 아무래도 잘못 온 것 같애. 난 이제 다시는 안 올 거야."

그러는 필무를 보며 마휘는 슬그머니 웃음을 날렸다.

"네가 다시 올 기회란 없을 거야."

"왜?"

"널 낳아 줄 부모님은 이미 세상을 떠났으니 말야."

필무가 벌컥 화를 내었다.

"그럼, 내게는 한 번 뿐이란 말인가?"

"물론이지."

"난 또 올 거라고. 그때는 복수를 단단히 할 거라니까. 두고 봐!"

"복수? 누구에게?"

"그러니까, 나를 이렇게 만든 세상에 대해 복수하자는 거지. 왜, 못할 것 같냐?"

"아냐. 그런 건~~. 그렇지만 세상을 상대로 무슨 복수를 하겠다는 거야?"

"일테면 장대로 하늘에 구멍을 뚫어 버리거나 하나 밖에 없는 태양을 납치해 버리거나 어쨌든 세상을 한 번 발칵 뒤집어서 쩔쩔 매게 할 거니까 두고 봐."

마휘의 입이 딱 벌어져 닫힐 줄을 몰랐다.

"히야! 그거 한 번 좋은 생각인 걸. 그런데 네게 그런 능력이 있기나 하냐?"

"물론 없지."

"없는 데 왜 그런 허튼소리를 하냐?"

"왜, 말도 못하냐? 입 두었다 어디 쓰려고~. 사람으로서 가장 위대한 것이라면 헛소리 치고 공갈치는 것인 줄 모르냐? 조용한 사람으로서 혼자 복수할 수 있는 것은 그것뿐이야."

"어휴. 어쨌든 존경스럽다."

"고맙군. 역시 너는 내 친구야."

"그래. 우린 친구지."

"그런데 우리가 여기서 할 게 뭐가 없겠냐?"

그랬지만 마휘는 시큰둥한 반응이었다.

"할 게 뭐가 있겠냐? 저 갱 속으로 들어 가 채탄이나 한다면 몰라도……."

"에잇. 그런 건 치우고~~. 내가 연구해 보니 말야. 우리 여기에 양산박梁山泊 프로젝트 같은 걸 계획하면 어떨까?"

마휘는 입이 다시금 쩍하니 벌어졌다.

"뭐야? 연구할 게 따로 있지. 기껏 그거냐?"

"그 프로젝트가 얼마나 근사하냐?"

"그렇다면 의적義賊이 되겠다는 거 아니냐?"

"왜, 그게 어때서?"

"이 시대에 뚜껑 열린 인간 아니면 할 소리가 아니지. 하다 하다 못하는 소리가 없다지만 양산박이 뭐냐?"

"뭐가 어때서 그래? 근사하잖아."

"너, 죽으려고 작정했냐?"

"죽긴 왜 죽어?"

"그럼, 그게 옳은 짓이기나 하냐? 그러니 죽으려거든 남 괴롭히지 말고 혼자 곱게 죽어라. 그게 적선積善하는 길이닷."

"뭐가 어때서 그러냐?"

"지금이 어느 시대냐? 이 시대에 무엇을 위한 의적이냐?"

"아니지. 임격정 같은 인물이며 배돌석이 같은 명인, 오주 같은 장사를 전국에서 모집해 의적단團을 꾸미는 때면 이 땅의 그리고 이 시대의 양산박 정신도 구현할 수 있다, 그거 아니겠냐."

"그래. 그건 좋다 하더라도 무엇을 위한 의적단인데?"

"물론 나라와 국민을 위해서지. 이 도탄에 빠진 국민의 생활을 개선하는 것은 물론……."

"아셔라. 미친놈이란 소리 듣기 5초 전이다. 너 하는 짓이 꼭 여의도 어떤 정신 나간 놈팽이 같다니까. 제 몸 하나 건사하겠다고 국민을 내세워 헐값에 다 팔아먹고 헛물만 질질 켜는 그런 못난 놈들 같다니까. 그런 놈들이 들으면 얼른 할지 모르지만 올바른 정신 가진 사람은 그따위 소리에 뭐? 할 거야."

"너하고 말하는 때면 언제나 나만 손해 본다니까. 에잇!"

"정신 좀 똑 바로 차리고 해. 지금 이 나라 어디에 무엇이 어때서 그따위 의적단 소리냐? 그건 소가 들어도 한 참 웃을 소리야. 그러니 제발, 말도 안 되는 그깟 뚜껑 열린 소리는 말어. 네가 진정코 보국輔國을 하겠다면 애나 펑펑 낳는 거다. 정치적 단견短見으로 한때 산아제한을 실시했다 실패한 정책政策 때문에 지금은 인구 수가 줄어 야단이잖아."

"애 안 낳는 게 어때서?"

"무슨 소리야? 인구가 줄어 국가가 소멸지경이라 하잖아. 그런데, 참, 너 애는 만들어 보았냐?"

"난 결혼을 하지 않아 아직 못 만들어 봤어."

"문제야. 널 남자라 할 수가 있겠냐?"

"그러면 너는~?"

"응……, 나도 그렇기는 해. 결혼을 하지 않았으니까."

"피장파장이면서 뭘 그래."

"그건 그렇네. 남자는 왜 혼자서 애를 만들지 못할까?"

"그거야 말로 연구대상이잖아."

"하기야 인간이……, 결혼도 안 하고서 무슨 재주로 애를 만들겠냐."

그러다 둘은 맥풀린 눈으로 하늘만 올려다보게 되었다. 혼자서 구시렁거리던 것이 필무였다.

"내, 이따위 삶은 언제 한 번 생각대로 풀린 적이 없다니까."

"너만 그렇냐. 인생이란 본래 그런 거야."

"그 소리는 우리 뒷집 노인장께서도 하는 거잖아……?"

"그 노인장도 뭘 좀 아는군."

필무는 불만을 토로하지 못해 팅팅 부은 표정이었다.

"그럼, 이것도 안 되고 저것도 안 되면 뭐 하냐? 뭐든지 해야 할 것 아냐?"

"안 되는 건 안 되는 거야."

"넌 어째선 내 말에는 한 번도 동의하지 않냐? 이해를 못해서 그러냐? 언제나 반대만 하는~~, 그것도 자주하면 버릇된다는 걸 모르냐?"

"우린 친구잖아."

"그럼, 친구지. 그런데 우리가 할 일이 뭐냐?"

"방지를 기다려야지. 우리가 할 일은 그거야."

"왜 기다려야 하냐?"

"우린 사람이니까 그래. 사람은 사람이 해야 할 일을 저버리면 사람이 아니거든."

"그렇지만 방지가 반드시 온다는 보장은 없잖아. 그러니 여기서 아예 나가자고~."

"너, 나가자는 소리를 하는 데 저 난장판 같은 세상으로 나가서 무엇을 어쩌자는 거냐?"

"그럼, 세상이 무서워서 못 나가겠다 그거냐?"

"그래. 그런 것도 없다고 할 수는 없지."

"뭐가 그렇게 무섭냐?"

"너 모르냐? 우린 무섭고 야비하고 더러워서 등지고 들어 온 거잖아. 그런데 이제 나가자니 말이 되냐?"

"그렇다면 자신을 영영 패배자로 만들겠다는 것 아냐?"

"너, 부끄러운 것을 모르냐? 그걸 모르면 사람 아니지."

필무가 휴~, 하고 한숨을 한 번 내쉬었다.

"그래. 좋아. 그렇지만 말야. 이 시각에도 우주는 신비로운 방식으로 돌아가고 있다는 걸 알아야 해. 그런데 하물며 인간이라는 존재가 그걸 망각하고 이 같이 무위도식으로 손 놓고 빈둥거린다는 것은 부끄럽지 않냐? 그건 죄짓는 짓이라고 생각하지 않냐. 너 생각은 어떠냐?"

"어떻게 생각할 것 뭐 있냐. 이건 현재의 우리가 처한 현실적 상황인데 잘 알지."

"너, 우리가 친구라고 했었지?"

"그래, 친구지."

"친구를 뭐라고 하는 줄 아냐?"

"물론~. 친구란 한 세상을 같이 살아가는 동반자이면서 자신의 분신 같은 존재라고 하지. 물론 너도 그렇게 생각하겠지."

"그래서 널 좋은 친구라고 생각해."

"그렇다면 친구가 잘못한 것은 자신이 잘못한 것으로 치부하고 비판해야 하는 게 진정한 우의友誼가 아니겠냐?"

"그건 몰라. 그렇다면 고맙다."

필무는 잔뜩 부풀었던 불만을 낮추게 되었다.

"어쮸. 언제 그렇게 철들었냐?"

"응. 어제 잠을 좀 잘 잤거든."

그러던 필무가 한참 후에야 다시 하는 말이었다.

"우리가 사람으로서 아무 것도 하지 않는다는 것은 인간이기를 포기하는 것 아니겠어? 난 그렇게 생각되는 걸."

"그래. 너 말도 맞아. 그렇지만 사람으로서 아무 것도 하지 않는 건 우리가 사람이지만 거기에 사람의 어떤 한계가 있다는 것도 알아야 해. 그 한계가 우리 잘못은 아니지만 말야."

그때는 필무도 고개를 숙였다.

"하긴. 제길 헐. 사람으로 태어났다는 게 잘못이지. 나는 그걸 당장 물렸으면 해."

"물릴 수는 없을 걸."

"왜?"

"어머니, 아버지가 물릴까 봐 알고 이미 가버렸으니 말야. 인제 그러지도 못하잖아."

"그럼 어떡하면 좋냐?"

"이건 운명이야. 운명에 순응하는 인간~, 인간으로 한 번 태어나면 그것으로 끝이야. 운명에 목매인 짐승 꼴이지만 어쩔 수 없어. 그래서 너나 나나 그게 팔자고 운명인 걸 어떡하겠냐. 그렇게만 생각해."

"제길 헐. 백줴 태어났잖아. 난 꿈마저 도둑맞은 인간이라 억울해."

"도둑맞을 꿈이라도 있기나 했냐?"

"체불된 임금 그걸 받으면 역전 앞 단칸 전세방이라도 얻어들어서 예쁜 여자 하나 아내로 맞아 토끼 같은 새끼들을 낳아 살아보려고 했었는데~~, 그 꿈이 통째로 날라 가 버렸으니 원……."

"어쮸. 그 꿈은 제법 야무졌구먼. 나도 같은 꼴이지만 그 체불된 돈 몇 푼이나 된다고 그런 꿈을 꿔? 뭐 될 법한 소리를 해야지."

물론 체불된 임금이 한두 달이 아니었다. 그랬지만 체불된 것을 몽땅 해결한다 하더라도 필무의 꿈과는 어림없는 실정이었다.

"아냐. 은행에도 있었거든."

"은행 그 통장, 통장이 아니라 텅장이었다며?"

"텅장이 되기 전에 말이지."

텅장이란, 통장이 텅 비었을 때의 말이다. 그러니까, 통장이 한 푼 없이 텅 비는 때면 통장이 아니라 텅장이 되는 꼴이었다.

과오는 하느님한테도 있다

#〈 〉

잔득 구름으로 덮였던 하늘에서 추적추적 비가 내리기 시작했다.

날씨탓인가. 기분은 영 난기류였다.

산중에서는 비가 오는 때면 꼼짝을 할 수가 없었다. 모든 것이 젖었다. 우산도 그렇지만 우의雨衣라는 것도 있지 않던 것으로 그랬다.

비는 그냥 단순하게 내렸지만 단순하지 않던 것은 마휘와 필무 두 사람이었다.

비는 두 사람으로 하여금 이유 없이 심란하게 하기도 했다. 사람의 삶에는 저마다 알게 모르게 많은 것이 침전되어 있던 것으로 때로는 상처로 때로는 눈물로 남겨져 있었다. 그것들이 비가 오는 날이면 가슴에서 한가하게 포말로 되살아나던 것이었다.

마휘 역시 다르지 않았던 것이다.

비가 내리면서 더불어 오던 것은 삶에 침전되어 있던 상처며 슬픔까지 하릴 없이 되살아나 일깨우던 것이라 때로는 진저리를 치기도 했던 것이다. 슬픔은 뼈마디마디에 배어들었던 것이라 살아나는 때면 눈물까지 출렁이게 하다 가슴을 저미게 했다.

운명에 맞서는 것이 얼마나 부질없고 무모한 짓인지를 알게 하던 것도 이때 내리는 비로 해서 되새김질을 했으니 말이다.

마휘는 갱구 입구로 나와 무연히 앉아 내리는 비를 바라보고 있었다.

이렇게 하릴없이 앉아 바라보는 때면 비는 많은 것을 불러왔다. 그것이 비의 섭성攝性이기도 했다. 그 섭성은 비가 내리는 때면 곧잘 상념이 되어 내면으로 흘러들게 하던 것이었다.

그때 마휘를 젖게 하던 것이라면 외관의 옷이 아니라 내면의 가슴이었다. 가슴이 젖을 때는 상처도 젖었다. 아니 상처만이 아니었다. 인간으로서 내면까지 젖어 들었던 것이다.

그랬다. 모든 것이 그저 젖어 내렸다. 삶이 처참하게 살해당한 현장에서 오늘도 살아 있는 자신을 목도해야 하던 것은 인간의 무력함이었다. 그에게 무력함을 안겨주던 현실은 무슨 말로도 설명이 되지를 않았다.

지금은 길 잃은 철새가 되어 저무는 하늘가를 부지 없이 그저 날 수밖에 없는 한 마리 외로운 새가 아니겠는가. 상처는 아픔이었다. 삶은 그 상처의 다른 이름이었다.

삶은 눈물과 상처를 안고 견뎌야 했다. 인간이라는 멍에는 벗어날 수 없는 형벌 그것이었지만 피할 수도 의지할 수도 없었다.

어디론지 훨훨 떠나가고 싶지만 떠날 수도 없었다. 그것이 목매인 인간으로서 한계였다. 뭔가 뒤바뀌게 된 거기에 운명이 있었다. 그 사연은 마휘로서는 참으로 삶을 이해 불가해한 것으로 밖에 달리 방법이 있지 않았다. 그런데 이렇게 비가 오는 날이면 되살아나던 일도 그런 중에 하나였던 것이다. 자신의 지나온 삶의 여정을 드라마를 보듯 했지만 이때의 마휘는 그냥 복잡하기만 했다.

삶은 희극인지 아니면 비극인지 도대체 가늠이 되지 않는다고 해야 할 것 같았다. 아니 어쩌면 입을 열어 말을 하는 때면 그건 오로지 비명이 될 수밖에 없다는 것도 모르지 않았다. 그래서 침묵으로 견뎌야 했던 것이다. 신파조 같기만 해서 난해하기 그지없던 것은 세상의 문법만으로는 해독이 되지 않던 것으로 그랬다. 그래서 비극이라 할 수도, 희극이라 할 수도 없는 삶의 여정이었지만 스스로 연출할 수 없는 운명이기 때문인지 모른다고 체념하지 않을 수 없었다.

그 날도 비가 내렸다

"왜 이러는 거요?"

상대는 아무 말도 하지 않았지만 그때 마휘가 지르던 소리는 비명에 가까웠던 것이다. 자신이 지른 소리가 왜 비명에 가까워야 하든지는 미처 생각할 겨를이 없기도 했다.

"나하고 이야기 좀 해요."

강이 흐르는 다리 위였다.

그 다리 아래로 강이 흐르고 있었다.

긴 다리가 가로놓인 강물은 유장하게 흘러가고 있었다.

다리 위에 남자는 위기에 처해 있었던 것이다. 그때 내리던 비는 누구에게도 눈물이기만 했다.

현직에 근무할 때였다. 근무지가 다리 초입에 있는 초소였기에 청년의 행동이 마휘의 눈에 띄일 수 있었던 것이다.

청년은 다리 아래로 곧 뛰어 내릴 자세였다. 멀리서 그 같은 청년을 발견한 마휘는 비가 내리는 것도 무릅쓰고 상대가 자신이 접근하는 것을 눈치 채지 못하게 하는 데만 신경을 쓰며 최대한 빠른 시간 안에 달려가 청년을 뒤로부터 와락 움켜잡는 데 성공했던 것이다.

한 곳에만 정신을 팔고 있던 청년은 뜻하지 않은 사태로 호들갑스럽도록 놀라 처음은 훌쩍 뛸 만큼 했지만 금시 안정을 되찾으며 강물을 내려다보던 자세를 유지하는 데 흐트러짐이 없었다.

달려가느라 몰아쉬던 숨도 돌리지 못한 마휘는 거듭해 말했지만 청년은 한마디 반응도 하지 않았다. 아니 돌아보는 법도 없었다. 두 사람 머리 위로 무심한 비는 그냥 내리고 있었다.

"무슨 일 때문에 그러는 거요?"

자신과는 상관없는 일이지만 이때만은 무슨 말이든 계속해서 상대로 하여금 행동을 멈추거나 포기하게 해야 한다는 절박한 의무감에 내쫓기던 것은 오히려 마휘 쪽이었던 것이다.

내리는 비로 해서 몸은 흠씬 젖었다.

멀리서 지켜보던 직원들이 우산을 펼쳐들고 달려와 받쳐주었을 때는 청년도 입을 열게 되었다.

청년이 하는 말이었다.

"나를 그냥 좀 놔두면 안 되겠소?"

청년의 그 말은 너무나 천진스러웠던 것이다.

"놔두다니요? 어떻게 말이요?"

"난 살아 갈 가치가 없는 걸 어쩌겠소."

"무엇 때문에 그러는 거요? 무엇 때문에 살아 갈 수 없다는 게 뭐요?"

그러자 청년은 거기서 흐느껴 울기 시작했다. 청년의 울음은 그 때 내리는 비와 너무도 어울리던 것이어서 마치 하모니를 이루는 것 같기도 했다.

한참만에야 청년이 다시 입었다.

"난, 난 죽어야 한단 말입니다. 난 죽어야……, 으, 흐, 흑흑

흑······."

"죽는 것도 이유가 있어야 할 것 아뇨? 무엇 때문에 그래요?"

"그러면 어쩌란 말입니까?"

"그러니까, 말해 봐요. 무엇 때문에 그러는지······? 이 세상에 어쩔 수 없는 일은 없는 법이요. 털어놓고 말을 하면 안 될 게 없단 말이요.. 그러니 갑시다. 저기로 가서 한 번 천천히 이야기나 들어 봅시다."

마휘는 직원들의 힘까지 빌려 등채를 몰다시피 해 청년을 초소로 데려오게 되었다.

"왜 그런 잘못된 생각을 하게 되었소?"

그랬지만 청년은 좀체 말을 하지 않았다. 그저 눈물만 뚝뚝 떨어뜨렸다. 청년이 그렇게 뜨겁게 우는 것은 보는 사람으로서도 마음이 이상하지 않을 수 없었다.

"내게서 살아갈 이유며 희망을 모조리 훔쳐간 것은 그 여자란 말입니다. 으, 흐흐 흑······,"

"아니, 뭐요? 그러면 실연을 했다는 말이요? 그런가요?"

"뭐요? 난 그 여자를 내 생명 이상으로 사랑했더란 말입니다. 그런데 여자가 나를 배신하고 이민을 갔지요. 물론 가족들의 강권에 못 이겨 함께 가게 되었지만~. 그래서 얼마간 있다가 견디지 못해 이민 간 현지로 찾아갔지 않았겠소. 그런데 으, 흐 흑흑 흑······, 그 여자는 현지에서 교포 남자와 결혼을 했더라고요. 그렇다면 나는 어째야 되는 겁니까? 어찌 해야 되느냐 말입니다?"
어째야 되는지 답은 있지 않았다. 누구도 대답할 수는 없었다.
청년은 그 말로 주위의 관심을 흩뜨리고자 했던 것일까. 한 순간이었다. 아니, 순간이 아니라 찰라였던 것이다. 청년은 자리를 박차고 벼락 같이 밖으로 뛰어나가던 것이었다. 언제 잡을 사이가 없었다. 동시에 바깥에서 들려오던 것은 쾅, 하는 소리였다.
뛰쳐나간 청년이 달려오던 차와 부딪쳤던 것이다. 차 앞면이 통째 찌그러지고 청년은 이미 길바닥에 널브러져 사지를 뻗고 누웠던 것이 마지막이었다.

〈 〉

"이놈의 비는 왜 또 이렇게 구질구질 내리는 거야."
소리를 지르던 것은 필무였다.
마휘는 그런 필무는 보지 않고 하늘만 물끄러미 보고 있었다. 그러다 한마디 했다.
"왜 비한테 시비냐? 무슨 죄가 있다고~."
"청승만 안 떠는 때면 괜찮은 거지."
"사람이, 그렇게 말하는 거, 아니다,"
그 말을 툭, 던진 다음 마휘는 필무를 보지도 않고 내리는 비만 바라보고 있었다.
비는 무심하게 내려서 보는 사람으로 하여금 마음을 침잠하게 했다.

　오라는 손짓 없이도 찾아오던 그 비~. 어디서 왔는지 정체조차 밝히지 않았지만 땅에 닿자마자 바로 물로 변신해 바쁜 길을 가는 나그네처럼 지체 없이 흘러가던 것이었다. 그것이 비였다.

　그랬지만 그때 마휘가 편치 않았던 것은 비로 해서 살아나던 내부의 아픔 때문이었던 것이다. 마휘로서는 피할 수만 있다면 피하고 싶은 그런 것이었다. 상처이면서 굴욕이기도 하기에 말이다.

　그랬다. 감방의 역설이라는 말이 있었다.

　누구도 경험하기 힘든 그런 것이었다. 감방에서는 차라리 발뻗고 지낼 수 있었는데 밖으로 나오면서 따라붙던 그 죄책감~.

　마휘가 경험한 바도 하나 다르지 않았다. 감방에서는 잊고 지냈기에 나가더라도 모든 걸 다 처리된 것으로 생각했는데 그게 아니었다. 사회의 법은 차라리 느슨하고 단순했다. 그러나 가슴에서 소리치는 그 법은 피할 수 없었다. 복잡하고 또 난해하던 것으로 말이다. 그러니까, 그 죄책감은 자기 자신과의 싸움으로 이어졌고 그 싸움은 이길 수도 없었지만 질수도 없는 그런 싸움이었던 것이다.

　마휘로서는 인간적인 고통이 아닐 수 없었다. 자신과는 관계없는 일로 치부하고 지낼 거라고 생각했었는데 그게 아니었다.

　마휘가 세상을 등지기로 하고 이 탄광의 광부를 선택해 갱 속으로 들어 간 것도 기실은 그 따라붙던 죄책감을 떨쳐버리고자 하던 자구책의 일환으로 시도한 것이었으며 그래서 피신이나 다름 아니었지만 일은 그리 호락호락하질 않았다.

남아 있는 것은 남아 있었다. 그 남아 있는 것에 마휘는 자신의 인간적인 책무를 다하기로 했고 그것을 다할 수 있는 게 무엇일까 하는 생각으로 견디고 있었던 것이다.

감방에서 보낸 것이 사회적 책무였다면 인간적인 책무는 이제부터였다. 그 인간적인 책무라는 것은 자신의 내부에 자리하고 있던 것이라 움직일 수가 없었다. 자신이 떠안고 살아야 한다는 걸 알게 된 것은 감방을 나서던 그때였다.

마휘는 무엇보다 그런 자신의 내부가 무서웠던 것이다. 잠들지 않은 밤이면 불쑥 나타나기도 했다. 그래서 밤새도록 잠들지 못하고 몸부림치게 하던 것이었다.

감방에서는 나타나지 않던 것이었다. 그랬는데 감방을 나오자 밤이면 나타나던 것이었다.

다 정리되고 소위 죄 값도 치렀다고 생각한 것은 어리석은 계산이었다. 그랬지만 영악하게도 자신의 내부에 자리하고 들앉아 있던 그 죄책감은 알지 못한 것이기도 했다. 그걸 두고 결코 불찰이라 할 수는 없었지만 온전하던 것은 아니었다.

감방을 나서던 날~, 하늘은 맑고 쾌청했다. 그랬으나 마음은 그렇지 않았다.

파수꾼처럼 문 밖에서 지키고 있다 숨어 든 그 죄책감으로 해서 끝없이 허둥대야 했다. 도무지 감당할 수가 없었다. 어떻게 할 수가 없었다.

마휘는 정말 어떻게 할 수가 없는 절벽 앞에 다다른 것만 같았다. 그건 모순 같기도 했지만 역설이기도 하던 것이었다.

평균치 인간 생활에서 조차 마휘를 간섭하고 들던 것이 그 양심이 업고 있던 죄책감이지 않았겠는가. 그렇듯 마휘에게는 자신의 내부에 있는 양심의 죄책감에 더 견딜 수 없었던 것이다.

마휘를 놓아주질 않던 내면의 그 죄책감은 그때도 마휘를 놓아주지 않았다. 그리하여 세상은 어쩔 수 없는 보이지 않는 감옥이기도 하던 것이었다. 그렇듯 마휘가 형기를 마치고 출감하던 날은 보이지 않는 그 내부의 감옥으로 들어가던 날이기도 하던 것이었다.

비는 곧바로 물방울이 되면서 저들끼리 모여 낄낄거리며 물줄기를 이루었다. 그리고 지향 없이 흘러갔다.

그런데 한 번 가면 돌아오지 못한다는 걸 알지 못하던지 비는 생각 없이 흘러갈 뿐이었다.

젖은 마음으로 해서 마휘는 망연히 앉았는데 물에 빠진 생쥐마냥 안정을 찾지 못하고 수선을 떨던 것이 필무였다.

그럴 만도 했다. 비가 내리면서 세상은 좁아진 느낌이었으니 말이다. 보이는 것이라고는 모두 젖은 산간이며 몇 그루 나무며 바위가 전부였다. 사람도 없고 집도 없고 차도 없고 골목길도 없으며 TV도 있지 않았다. 가만히 앉아 마음을 걸어놓을 데는 아무 것도 없었다.

마휘나 필무~, 둘 사이에는 새로운 것이 없기에 새로운 대화도 있을 수 없었다. 그래서 대화는 단조롭기만 했다. 말이 말을 하는 그런 쳇바퀴 같은 시간의 연속일 수밖에 없었다.

"이따위 비는 도대체 싫단 말야. 정말 싫어. 제길 헐."

"왜 싫냐? 비가 너더러 뭐라고 했는데?"

"꼭 뭐라고 해서가 아냐. 난 비라면 딱, 질색이거든. 아, 쨍한 햇볕을 두고 왜 구름을 몰아와서 이 따위 비냐 말야. 도대체 무슨 심술인가?"

"심술이라니? 비가 왜 심술이냐. 심술은 네가 부리는 것 아닌가? 비는 만물의 생명이기도 하다는 걸 알아야지. 비가 오지 않는 사막을 한 번 생각해 봐. 비가 얼마나 고마운지~."

"그래도 싫은 건 싫은 거야."

"그 심술, 갖다 버리지 못하냐?"

"난 심술 같은 건 모르는 사람이야. 만약 내가 심술을 부리려 했다면 예전에 이미 핵무기 같은 것으로 세상을 한 번 확, 뒤집어 놓았을 거야. 그때나 지금이나 난 착한 사람이잖아."

"그러냐? 또 멀쩡한 세상을 두고 시비 길래 난 몰라보았던 거지."

"안심 해. 난 인류를 위해서도 심술 같은 건 안 부려."

"다행이야. 만세! 세상에는 네 같은 사람만 있기를~!"
"난 말야 더러워서도 착하기로 했다니까. 그건 알아 줘야할 거야."
"그거 잘 생각했어. 사람은 참는 게 미덕이야."
"내가 이래 뵈도 만물의 영장이잖아."
"어휴. 징그럽도록 존경스럽구나."
"존경스럽기만 하냐? 그건 당연한 것 아냐? 이 세상에 태어난 하나 목숨~, 누가 뭐라 해도 소중한 것이잖아. 그런 목숨 보존하며 인류를 위해 봉사하겠다는 것 얼마나 가상 하냐. 안 그래?"
그러면서 이때만은 우쭐해 하던 것이 필무였다.
그러자 가만있질 못하고 마휘는 다시 필무를 슬슬 놀리기 시작했다.
"왜 태어났는지 모르겠다고 불만일 때와는 사뭇 다르잖아? 밤새 새로 태어난 것은 아니겠지?"
"사람은 조석지변이라고 했거든. 모르냐?"
"좋아. 언제까지 만물의 영장으로 길이 보전하시길~. 그리고 인류를 위하여 발전하기를 빌겠어."
"너도 뭘 좀 배워라. 사람은 배워서 남 주는 것 아니다."
"맙소사. 너, 언제 그렇게 됐냐?"
"지난밤에 꿈을 잘 꾸었거든."
"히야! 세상, 살다 그런 일도 다 있구나. 그렇지만 그 꿈이 네게 가당키나 하겠냐?"

일시적이나마 흡족한 기분에 고무 된 필무가 느닷없이 하는 소리는 또 영 아니었다.

"넌, 세상에 왜 왔냐?"

그만 펄쩍 하는 표정이던 마휘가 받아서 하는 소리였다.

"나 보고 하는 소리냐?"

"아냐. 사실은 너 보고 한 게 아니라 내 자신에게 한 소리였어. 이히힛."

"어휴! 그래. 왜 왔다고 생각하냐?"

"글쎄. 모르겠어. 그걸 알면 안 왔지. 이건 내 건망증 탓은 아냐. 분명한 건 어머니의 자궁을 통해 왔다는 사실까지는 알겠는데 말야."

끙, 하고 마휘가 한숨을 토한 다음이었다.

"이봐. 그때 네가 태어날 때 너는 울었지만 그래도 주위 다른 사람들은 웃었다는 것 아니겠냐. 그건 어떻게 생각하냐?"

"하다하다 인제 못하는 소리가 없구나."

"인생을 살다 보면 못하는 소리가 뭐 있겠냐. 다 **뻔**한 것들인데."

"**뻔**해? 난해하지는 않고?"

"난해할 게 뭐 있냐. 처음부터 모르는 일 뿐인 걸."

"너, 아기의 인중. 그게 무슨 뜻인 줄 아냐?"

"별 걸 다 묻는 구나. 당연히 모르지."

"그게 쉿! 해서 삶의 비밀을 발설하지 말라는 신의 손가락 자국이라는 거야. 그러니 삶이란 처음부터 비밀이었다는 것 아니겠냐."

"왜 비밀이었다는 거야?"

"뭐라고 할까. 삶이 재미없고 별 것 아니란 걸 알게 되면 누가 인간 노릇하겠다고 나서겠냐. 인간이 없으면 신 노릇도 손을 놓아야 하거든. 그래서 그 비밀을 발설해서는 안 된다 그거지."

"속이겠다, 그거냐?"

"그렇다고 할 수도 있을 테지. 살아 봐야 별 것도 아니라는 그 비밀은 무덤까지 가져가며 발설하지 않는다는 약속인 셈이지. 그건 아직 누구도 발설하지 않은 비밀로 지켜지고 있는 셈이지."

"인간을 믿다니. 그건 신의 실수야."

둘은 잠시 멈추었던 입씨름에서 침묵을 깨고 다시 시작하게 되었다. 시작은 마휘가 먼저 꺼내었고 그렇게 되었다.

"뭐랬냐? 인간이 만물의 영장이라고 했었지? 그래서 누구의 승낙도 없이 이 지구를 접수해서 마음대로 하고 말야. 그런데 너, 인간이 무엇이라고 생각 하냐?"

심심할 때 하는 말로 그게 최고하고 생각했던 것이다. 얼핏, 누가 들어도 제법 심각하고 무게감이 있는 척 할 수 있는 말이었기 때문이다.

"그래. '인간이 무엇인가' 하는 것은 말할 수 있는데 '인간은 무엇이다'하는 말은 할 수 없을 것 같애. 말을 한다면 그래. 세상을 이기는 것은 힘이 아니고 굴하지 않는 의지라고 생각해."

"그 생각은 언제 했냐?"

"지난밤에~."

"역시, 역사는 밤에 이루어지는구나."

"그건 인생이란 언제나 답할 수 없는 미답의 땅이기 때문일 거야."

"눈물 나고 콧물 나는 뭐 그런 무엇이라 생각하기 때문인가?."

"그런데 그런 소리는 갑자기 왜 하냐?"

"비오는 이 천지에 갇혀서 내가 무엇인가 하다 보니 생각난 거지."

"응. 그렇기도 하겠다."

"너도 그렇냐?"

"아냐. 난 그냥 여기 앉아 있어. 난 예전에도 그랬지만 지금도 그런 건 몰라."

"그래. 그렇게 해야 만수무강에 지장이 없는 거지."

"하여간 너 생각은 어떠냐? 이건 밥 먹고 할 생각은 아니지만……, 그동안 경험상 이 세상에 왜 왔다고 생각 하냐?"

"나도 그건 아무리 생각해도 모르겠어. 인생, 참으로 한 많은 것이지만~. 그걸 알았으면~~, 제길 헐. 알았다면 지랄하러 왔겠냐."

"또 그 '제길 헐'이냐?"

"그럼 어쩌냐? 기왕지사 태어난 몸, 한 세상 살아보자고 하지만 이것도 아니고 저것도 아니니~, 원."

"아니긴 뭐가 아니냐? 사람은 어쨌든 살아보는 데 가치가 있는 거라니까. 살아보지도 않고 하는 소리는 전부 헛소리야."

그 사이 빗줄기는 그쳐 갔다.

〈 〉

날이 밝았다.

아침 햇살은 맑고 눈이 부셨다.

어제 내린 비로 산천은 너무 깨끗했다. 공기도 맑았다. 그래서 상쾌했다.

아침부터 나섰던 마휘가 한낮이 되어 갈 즈음 소리를 질렀다.

"온닷! 온다고. 히야!"

그 소리는 전승의 희소식만 같았던 것이다.

필무가 뛰어 나왔다.

"뭐, 뭐라? 누가 온단 말이냐?"

"병지가, 병지가 온단 말얏. 저기, 저기를 보라고! 야호!"

마휘가 들뜬 표정이 되어 가리키는 곳에 정말 사람이 오고 있었다. 지금까지 흙먼지만 날리던 신작로로 사람이 휘적휘적 걸어오고 있었다. 그랬는데 부릅뜬 눈을 가만히 박아놓고 확인을 하고 있던 필무가 고개를 갸웃 둥 했다.
"아니잖아? 아닌 것 같은데? 병지 같진 않은 걸……?"
"뭐라고……?"
그제서야 마휘도 다시 눈을 크게 뜨고 살피게 되었다.
"빈 몸이잖아. 보라고~."
"…어? 그, 그렇네."
재차 살피던 마휘도 주춤하는 기색이었다. 그런 다음 실망하는 빛이 역력 했다.
"아닌가……? 그럼, 누굴까? 올 사람이 없잖아. 아니면 쌀을 못 구했다는 건가?"
옆에서 시큰둥해서 필무가 구시렁거렸다.
"혹시, 병지가 죽었다는 소식을 전하러 오는 것은 아닐까?"
마휘가 그만 버럭, 소리를 질렀다.
"방정떨지 마. 그게 말이나 되는 소리야?"
"그렇지만 올 사람이 없잖아."
"있든 없든 아닌 건 아니지 뭐."
두 사람은 실망을 감추질 못하고 신작로의 사람이 오기를 기다리게 되었다.
"그럼, 누굴까?"
"누군지 저 사람이 오거든 우리 물어보기나 하자구."
두 사람은 이제 궁금하다기보다 불안한 생각이 앞서기도 했다.

혹시나 모를 일로 그랬다. 세상에는 알 수 없는 일들이 쓰레기처럼 굴러다니기도 했으니 말이다.

어떤 확인되지 않은 것으로 해서 닥칠지 모르는 막연한 불안~ 그건 예견할 수 없는 사태나 다름이 없었다.

그랬는데 두 사람 앞에 나타난 사람은 중년을 훌쩍 넘긴 듯한 그다지 볼품없는 행색의 남자였다.

두 사람을 향해 남자가 하는 말이었다.

"아, 폐광을 하고 다 철수한 줄로 알았는데 아닌가요?"

그를 향해 마휘가 먼저 입을 열었다.

"어디서 오신…, 누구이신가요?"

남자가 이마의 땀을 쓱 문지르며 하는 말이었다.

"나는 저 아래 마을 이장里長인데 여기 사람이 산다는 소리에 확인하러 왔소이다."

"아, 그러시군요."

"두 분밖에 없는가요? 다른 이는……?"

이장은 궁금한 게 많은가 보았다.

"우리뿐인 걸요"

그제서야 두 사람은 긴장과 동시에 마음을 놓을 수가 있었다.

"그런데 여기서 어떻게 지내는 가요?"

"우리는……, 그러니까, 여기에 산다기보다…, 그러니까, 여기서 일하던 사람들인데, 그런데…, 그런데 체불된 임금이 해결되지 않아 그걸 해결할 때까지 이러고 있는 거지요."

궁색한 설명을 하느라 어물쩍거리는 마휘의 말이 꼬이기만 했다.

"아, 그러시군요. 그렇더라도 집으로 가서 어떻게 해야지 여기서 어떻게 한단 말이요?"

"집, 집이 없지요. 집이 없어서……."

필무가 나서며 냉큼 가로채서 하는 말이었다.

그러자 이장의 눈이 커다랗게 되었다.

"아니, 집이 없다니요? 그 전에 살던 본가本家 말이지요."

"본가야……, 그러니까, 전에 이력서를 낼 때는 있었는데 그 이력서를 모두 가져 가 버려서 본가를 찾지 못한 거죠."

도대체 말이 되지 않은 소리였다.

사실 그들은 그 말 속에 갇혀 있었다. 말이 되지 않는 말 속에 갇히게 되면서 세상을 등지고 폐광된 갱구에서 오늘까지 떠나지를 못하고 있다는 말은 하지 못했다.

이장은 그만 어리벙벙해서 말이 잘못 되었는지 자신이 잘못 들었는지 하여간 헷갈려하면서 두 사람을 그저 번갈아서 바라볼 뿐이었다.

곁에서 마휘도 말을 하지 않았다. 마휘라고 다르지 않았기 때문이었다. 다 같이 집이 없었다. 물론 주소도 없었다. 바로 말을 하자면 두 사람 모두 교도소를 나오면서 이 탄광으로 바로 왔기 때문에 그때는 집이 필요 없기도 했다. 그래서 그렇게 되었던 것이라고 해야 옳았지만 누구한테도 그렇게 말 할 수는 없었던 것이다.
 이력서의 주소는 거짓이었다. 빈칸을 그냥 두질 못해 전에 살던 집으로 적었을 뿐이었다. 그건 두 사람 모두 다르지 않았다.
 교도소를 나와 소소한 일용품은 한 칸 세 든 여인숙 방에 밀쳐두고 출퇴근도 멀쩡한 척 거기서 해왔으니 말이다. 그때는 여인숙 숙박료도 밀리기 전이었다.
 그런 것 말고 두 사람에게는 또 말하지 않은 한 가지가 있었는데 꼭 같이 자신들이 했던 일로, 사람을 죽이게 되었다는 사실이었다. 살인은 아니지만 그들은 사람을 죽였던 것이다. 그래서 사람이 사람을 죽였다는 죄책감은 자신들만이 아는 비밀이면서 상처이기도 했다.
 두 사람의 증상은 각각이었지만 상처라고 하는 것에는 동병상련이나 다름이 없었다. 그래서 둘 다 입을 닫고 지내던 것이 지금까지였다.
 너무나 뼈아프지만 그렇다고 해서 내 몰라 할 수는 없었다. 그렇지 않다고 해서 뭐가 달라지던 것은 아니었지만 말이다. 너무 무책임한 그런 것이기도 했다. 아니, 죄책감이라기보다 형벌이라고 하는 것이 맞을지 모를 일이었다.
 어떤 말로도 변명이 되지 않는 형벌~. 세상과 마주할 때면 얼굴을 들 수 없는 부끄러움~. 그건 마휘도 필무도 사정은 다르지 않았다. 그들이 똑 같이 인간이라는 사실 때문이기도 했다.

그들의 인생에서 세상 가운데로 가는 길이 없었다. 삶이 고통 받아야 하던 것은 그래서였다.

애초에 결별하기로 한 세상이기는 했지만 잊어버리고 살기에는 또 너무 아프고 간절하던 것이 많아 견디기가 벅차지 않던 것은 아니었다. 그랬지만 어쩔 수 없었다. 운명이라고 생각했다. 그대로 세상으로 찾아가는 길 조차 잊어버린 인간이 되고 말았던 것이다. 그것이 형벌이었다. 그 같은 형벌로 해서 못 견딜 것만 같은 강박감에서 한시도 놓여나지를 않던 지라 그들은 어떤 것도 엄두를 낼 수가 없기도 하던 것이 이유였다.

비밀이면서 무거운 형벌~, 지금까지 누구도 그 말은 하지 못한 것은 물론 앞으로도 할 수가 없었다. 그건 그들이 사람이라는 사실로 해서였다.

"본사에서 무슨 연락은 오는 가요?"

이장이 묻는 말이었다.

"아뇨. 아무 연락도 없는 걸요."

이장이 혀를 쯧, 찼다.

"그러면 어떡해요? 하청 세월하고 언제까지 여기서 이러고 있을 수만은 없는 일이지 않겠소."

"아마 연락……,"

하는데 그때 필무의 말을 가로채서 마휘가 했다.

"연락이 오기만을 기다리는 중이지요."

"그렇군요. 나는 이장으로서 알아보라는 연락이라 왔지만~~."

이장은 선 자리에서 땅을 내려다보며 머리를 긁었다.

"연락이…, 연락이 올 겁니다. 오리라고 생각하니까요."

무엇 때문인지 마휘가 서둘러서 그렇게 말했다.

"그래. 뭐 부족한 건 없소?"

"왜 없겠소. 소금의 밥이라도 먹어야 하는데 식량이 가장 시급한 문젠 걸요."

그러자 이장이 고개를 끄떡이던 끝에 돌아가고 말았다.

이장이 돌아가자 두 사람에게 신기루를 만났던 것만 같은 이름 지을 수 없는 허망감이 밀려오던 것이었다. 뭔지 들쑤셔놓은 것만 같았으니 말이다.

필무가 무엇 때문인지 허공을 향해 이히힛, 하고 한 번 웃을 친 다음 하는 소리였다.

"거짓말을 영판 하던 걸."

마휘가 버럭 했다.

"그게 왜 거짓말이냐? 적어도 절반은 사실이잖아."

"그래. 절반은 사실이지. 그리고 절반은 거짓말이고~. 그러니까 그 절반 가운데 너 몫은 어느 쪽이냐? 앞이냐 뒤냐?"

"그건 나도 몰라."

긴장이 풀린 다음 아무 일도 없었던 것처럼 두 사람만 남게 되었다. 그러자 뒷일을 보고 밑궁 안 닦은 것처럼 하고 궁싯거리던 필무가 하는 말이었다.

"우리가 그걸 안 물어봤잖어."

그 말에 마휘가 필무를 향해 신경을 곤두세웠다.

"뭘 안 물어봤다는 거야?"

"어느 마을 이장인지, 그리고 성함이 어떻게 되는지 그걸 물어봤어야 하는데 말야."

그제서야 마휘도 그걸 인정하게 되었다.

"그건 그렇구나. 그걸 물어보지 않았다니. 우리도 실수할 줄 아는 군."

"난 아무래도 이상한 것 같애."

"뭐가?"

"우리가 여기 살고 있는 줄을 어떻게 알았을까. 사람이라고는 누구 하나 오간 적이 없는데 말이지. 어떻게 알았을까. 안 그렇냐?"

"그렇기도 하네."

그때는 마휘도 필무의 말에 맞장구를 쳐서 동의를 표했다.

"그리고 말야…, 여기에 사람이 산다고 연락이 왔었다고 했잖아. 어디서 연락이 왔더란 말일까. 난 그것도 궁금해."

"우리가 그걸 물어보질 않았던 것은 확실히 실수야. 실수를 했어."

"그 이장, 혹시 하느님이 시켜서 사람으로 둔갑한 요사한 뭐가 아니었을까?"

 그 말에는 마휘가 눈을 커다랗게 뜨고 입까지 쩍, 벌였다.

 "무슨 소리냐? 사람으로 둔갑한 요사한 뭐라니? 이 대명천지에 하느님이 뭐며 그리고 사람으로 둔갑한 요사한 건 또 뭐란 말인가. 너, 할 소리를 해라. 이제 헛소리까지 할 줄 알다니."

 "그건 모르잖아. 하느님이 알고 우리를 구원하기 위해 현시顯示적으로 어떤 조화를 부렸는지도~."

 "괜한 소리는 그만 둬. 그건 말도 안 되는 소리야. 하느님을 바라는 건 인간들의 헛된 망상이야. 하느님은 인간의 고통에 대해서는 관심이 없거든."

 "왜 그런 소릴 하냐? 천벌을 받을 소리야."

 "넌 어쩌자고 하느님 편이냐?"

 "난 사실 어린 시절 교회에 나갔었거든. 크리스마스 때 선물 받는 재미가 솔솔했다니까. 난 그 선물 받는 게 그렇게 좋을 수가 없었다고. 한 번은 나 보다 큰 녀석이 해코지를 해서 나는 다음 날 쇠꼬챙이로 녀석한테 복수를 할 생각이었지. 그랬는데 생각해 보니 그런 나쁜 짓을 했다가는 내년 크리스마스 때 선물을 못 받을까 봐 관두게 되었어. 나를 착하게 했던 게 하느님이었던가 봐."

 "그건 근본적으로 네가 착해서 그랬던 거야. 하느님이 하는 말씀이 있지. 고통 받는 이들을 못 본체 하는 게 아니라 고통 받는 이들과 함께 나누고 있노라고 말야. 그건 말이 안 되는 소리야.

위급하고 절망적인 상황일 때~, 일테면 화제가 돌발해 불 속에 갇혀 절망적일 때. 밀어닥친 홍수에 휩쓸려 목숨이 경각에 처했을 때. 무너진 사태로 흙더미에 깔렸을 때 옆에서 그 고통을 함께 했노라 한다면 하느님도 반드시 생명을 잃었어야 하는 것 아니겠냐. 그런데 하느님은 지금도 멀쩡하다는 건 무슨 뜻이냐? 그러니 그건 죄다 거짓말이었다 그거 아니겠어?"

필무가 그만 힘 빠진 꼴로 주저앉았다.

"천벌은 네가 받겠구나. 넌 어째 그런 생각을 하냐."

"인간의 고통과 불행을 외면하면서 인간을 사랑 한다는 게 하느님이라고 생각하진 않냐? 몇 천 년을 혼자서만 하느님 노릇을 하고 있다는 것도 그렇잖아? 하느님도 의당 세대교체를 해야 하는 것 아니겠어? 안 그렇냐? 그뿐이 아냐. 하느님은 아들딸도, 형제도 없어. 그래서 인간의 절실한 고통을 이해하는 데는 한계가 있지 않겠냐. 그저 사랑한다는 말로 만 한 수 접고 들뿐이야. 거기가 하느님이 선 자리야."

"너, 그런 어설픈 소리 하는 것 아니다. 지금까지 수많은 목회자가 물었던 것이 하느님의 침묵에 대한 질문이었어. 네가 한 말은 모르고 한 소리야. 그 침묵 속에는 하느님의 온갖 말씀이 다 있다는 걸 알아야 하는데 말야. 그래서 그 침묵의 말씀을 세상에 전하는 게 목회자의 역할이라고 했어."

#〈　〉

"뭐 하는 짓이냐?"

"보면 모르냐? 가겠다는 것 아니냐."

"너 혼자?"

"그래. 넌 안 가겠다니 어쩌겠냐. 내 혼자라도 가는 수밖에~."

"잘해 봐. 그렇지만 너, 여기 처음 올 때를 생각해 봐. 그렇게 마음대로 갈 수 있겠는지."

마휘의 그 말에 그만 주춤하던 것이 필무였다.

한동안 조용하던 필무가 요즘에야 나가자는 소리를 부쩍 하는가 하더니 급기야 혼자 짐을 챙겨서 나서던 것이었다.

그날로 필무는 아주 작정을 한 모양이었다.

필무는 지금까지 쓰던 개인용 텐트를 접었고 소소한 일용품이며 옷가지 등은 모두 배낭에 우겨넣어 짐을 싼 것이었다.

"난 가야겠어."

마지막 인사처럼 하는 필무의 말이었다.

"나는 안 간다."

마휘는 단호하게 그렇게 말했다.

"할 수 없지 뭐. 올 때도 난 혼자 왔으니까."

"너, 세상을 모르는구나."

"왜 몰라. 세상을 모르는 사람이 어디 있냐?"

"알면서 그따위 소리냐? 내가 보기엔 아는 것 같지 않은 걸."

"여기 백날 있어 봐야 밥이 나오냐, 돈이 나오냐. 그래서 가겠다는 건데 왜?"

필무의 그 말에 마휘는 정신을 놓고 멍하니 앉아 건너편 산등성이만 바라보았다. 그러던 마휘가 다시 입을 열었다.

"그래. 가 봐. 가는 거야 너 자유니까 누가 뭐라 하겠나. 그렇지만 너, 거 무시무시한 세상은 잊은 모양이구나. 그런 세상이 널 반길 것 같냐? 너, 알잖아. 지금까지 아마 네가 여기 생활에 너무 호사스럽고 걱정 없이 지내느라 호강에 겨웠던 모양인데, 그건 아닐 거야. 다시 생각해 봐. 그리고 여기서 나가는 때면 이것 하나는 명심해야 할 거야. 너나 나나 상처 있는 인간이잖냐, 우리는 자의든 과실이든 사람으로서 사람을 죽였다는 전과라는 그 딱지말야. 그건 상처야. 우리에게 그건 아픔이고 상처이면서 씻을 수 없는 과오지만 세상은 그렇지 않아. 우리에게 그런 상처가 있다는 걸 알면 당장 돌변해서 손가락질하며 경계하는 것은 물론 야수처럼 우리를 비난하고 우리의 상처를 물어뜯으려 할 거야. 그렇듯 상처가 있는 우리 인생을 누구도 보호해 주려하지도 않아. 우리가 발 붙일 곳은 없어. 어디에 발을 붙이겠냐. 세상은 우리를 경원하고 비난만 할 뿐, 경계 대상으로만 볼 뿐이야~. 그리고 비난하고 물어뜯으려 하는 야수로부터 우리는 자신을 보호할 능력이 있기나 하느냐고. 누구도 보호하지 않는 자신을~, 나를 보호할 사람은 내 자신 밖에 없다는 것을 알아야 해, 그건 눈물 나게 하고 견딜 수 없게 하지만 어쩔 수가 없어. ……내 상처로 해서 나를 가둬놓는다고 생각해. 그게 세상으로부터 나를 보호하는 위리안치[圍籬安置]야. 그래서 다시 하는 말이라면 여기서 나가는 때면 그런 야수 앞에 나를 내던지는 것이나 다름없다는 것도 알아야 할 거야. 그러니 단단히 작심하지 않으면 안 돼."

생각하면 마휘 역시 세상에 모든 것을 묻은 것이나 다름이 없었다. 아무리 과실치사라 하더라도 사람으로서 사람을 죽였다는 세인의 손가락질을 감당해야 하는 것은 어쩔 수 없는 것은 물론 견딜 수 없는 일이지 않겠는가. 그리하여 스스로 안고 견뎌야 하는 죄책감 또한 벗어날 수 없을 것이었다. 그 죄책감은 교도소 감방에서는 오히려 잊을 수가 있었는데 감방을 나오면서 시작되던 질병이기도 하던 것이었다.

그래서 세상 밖으로 달아나고자 했던 것이다. 그 세상 밖이 지금의 이곳이었다.

세상의 바깥~~. 그 바깥마저 마음 놓고 찾아 들 곳은 아니었던 것이다. 그걸 나중에야 알 게 되었다. 하지만 그때는 늦었기도 했다.

어디든 자신을 모르는 곳으로~. 그러면서 약혼을 했던 여자까지 야수 같은 세상에 버리기로 했던 것이다. 그것이 그녀를 보호하는 것이라는 사실까지는 말하고 싶지 않았다.

살인자의 가족이라는 손가락질이며 비난으로부터 보호하는 것은 스스로를 숨기는 것이라고 결론짓게 된 후였다.
　마휘의 말이 끝나고 잠시 시간이 흐른 다음이었다.
　필무가 채비를 풀고 풀썩 주저앉고 말았다.
　"왜 안 가냐?"
　"안 가! 널 두고 혼자 가자니 눈물이 나서 그래."
　그때 저 아래 신작로 쪽에서 듣지 못한 경운기 소리가 요란했다. 논도 밭도 없는 것은 고사하고 사람 사는 마을도 있지 않은 지역이라 경운기 소리는 퍽이나 이색지고 경이롭기까지 했다.
　두 사람은 똑 같이 말을 멈추고 서로를 바라보던 끝에 일어나 달려갔다. 신작로를 내려다보다 놀라게 되었다. 경운기를 몰고 누군가가 이리로 오고 있었다.
　얼마 후, 두 사람 앞에 경운기와 도착한 것은 저번의 그 이장이었다.
　두 사람은 두서없는 사람으로 뭐라고 제대로 인사말도 하지 못하고 있는 사이 경운기에 훌쩍 내리며 이장이 먼저 큰 소리로 그랬다.
　"별일 없는가요?"
　그제서야 마휘가 인사말을 하게 되었다.
　"수고 많으십니다. 이렇게 오시다니."
　"뭐요. 난 두 분이 어째 지내나 하고 걱정이 돼서 서둘러 온다는 게 늦었습니다."

필무가 펄쩍했다.

"어이쿠. 저게 다 뭐요? 우리 주려고 가져온 건가요?"

경운기에 실린 것은 쌀부대와 이런 저런 그릇들이었다.

"촌이라 별 것이 있어야죠. 그래서 끼니를 어쩌나 해서 우선 쌀을 두어 부대하고 김치 조금 그리고 양념으로 간장이며 된장 고추장 등을 마련한 겁니다."

그랬지만 두 사람에게는 눈이 확, 뜨이게 하던 것이었다.

"고맙습니다. 본의 아니게 우리가 보답할 것은 없고……, 이렇게 폐만 끼치는가 봅니다."

"뭐, 폐라고 할 수야 있습니까. 우선 이것으로나마 지내면서 연락을 기다리지요."

"네. 정말 고맙습니다."

이장은 이마의 땀을 한 번 훔친 다음 경운기를 돌려 돌아갈 차비를 했다.

"그런데 이장님. 마을이며 이장님 성함을 좀 알았으면 합니다."

"뭐, 그런 걸 알아서 뭘 합니까. 우리 마을이야 '물만골'이니 그저 물만골 이장이라고만 하면 됩니다. 그러니 부족한 대로 지내다가 또 보십시다."

그런 다음 이장은 돌아갔다.

마휘는 앉아서 얻어먹는다는 생각에 강한 부끄러움을 갖게 되었다. 그건 자신이 처한 지금의 현실과는 너무 대척점에서 출발한 생각이라는 것도 모르지 않았다. 그렇지만 거부감은 거부감이었다. 이름 지을 수 없는 그 거부감은 비루함에 대한 저항이기도 하던 것이었다.

그랬으나 현실은 어쩔 수 없었다. 비루함으로 추해진 거기에 굴욕감마저 없지 않았지만 그저 삼키고 견딜 수밖에 없었다. 그것이 현실이었다. 그랬지만 현실에 지고 싶은 생각은 없었다. 그것은 인간으로서 오기傲氣이기도 하던 것이었다.

그럴 때 하게 된 것이라면 이게 사는 것인가 하는 생각이었다. 사는 게 무엇인가. 삶이란 게 무엇인가 하는 의문은 이때라고 물러서지 않았다.

그 막연한 의문 앞에 멍청하게 섰기만 하는 자신을 발견했을 때의 좌절감은 또 어떻게 할 수 없는 것이기만 했다.

인간은 이런 비루함을 감수하면서 까지 살아야 하는가 하는 의문~. 삶이 무엇인가 하는 오지랖 넓은 생각을 하게 되었지만 결코 알 수 있던 것은 아니었다.

그랬다. 삶이란 누구도 모르는 것이기만 했다.

마휘가 교도소 감방 잡범들 속에서 뒹굴 때도 그 같은 생각에 시달렸던 것이다. 나중에야 그 같은 생각은 비루함에 대한 반발이었고 저항이었다는 것을 알게 되었다. 인간으로서 최소한 비루하게는 살지 말자는 다짐도 그때하게 되었던 한 가닥 저항이었던 것이라고 할까.

교도소 감방이야 말로 인간 막장이었다. 온갖 잡범들이 들끓는 곳으로 거기는 삶의 비루함이라거나 추함 따위는 그림자도 얼씬할 수 없었다. 인간의 막다른 어떤~, 절도 강도 살인 강간 사기 폭행~, 그것이 그들에게는 되레 관록으로 통하기도 하던 것이었다. '이래도 뵈도 왕년에 내가~' 하는 말을 거침없이 하며 목에 힘주고자 하던 곳이 거기였다. 그래서 그런 것에 진저리를 치기도 했던 것이다.

한 때 그런 소굴에서 뒹굴었던 마휘는 인간은 인간이어야 한다며 자신을 챙기고자 의지를 다해 땀 흘리기도 했던 것이 그럴 때였다.

그랬는데 오늘에야 그 비루함이 다시금 고개를 들던 것이라 마휘는 또 한 번 강한 저항을 느끼지 않을 수 없었다. 사노라니 그렇다고 생각하게 되자 이때도 마휘를 자유롭게 두지 않던 것은 삶이란 무엇인가 하는 의문까지 합세하고 달려들던 것이었다.

다시 걷는 걸음

#〈 〉

"이러면 우리가 앉아서 얻어먹는 꼴이지 않냐?"
"그렇기도 하네. 어쩌다 우리가 앉아서 얻어먹는 신세까지 됐지?"
물만골 이장이 돌아서 가자 그 뒷모습에 대고 마휘와 필무는 꼭 같은 소리를 하게 되었다.
그러려고 한 것은 아닌데 그렇게 된 꼴이었다.
심기가 복잡하던 것은 두 사람 똑 같았다.
함바에서 꺼내와 먹던 때와는 감회가 완전히 달랐다. 물만골 이장이 갖다 주는 성의에 대해서도 그렇지만 그걸 그냥 받아먹는다는 것이 간단하지를 않았던 것이다.

"우리, 이걸 그냥 먹기는 뭔가 좀 그렇네. 어쩐지?"

필무가 그렇게 말했다.

"그렇네. 이번 농번기 때 일손이 모자랄 텐데 우리가 자원봉사를 하는 건 어떨까?"

마휘의 그 말에 필무도 단박 동의했다.

"그래. 그거 굿 아이디어야."

"그러려면 우리가 물만골을 찾아가 일손이 언제 필요한지 알아봐서 자원봉사라도 하면 어떻겠냐?"

"좋은 말씀~."

의기투합해서 두 사람은 다음 날로 물만골을 향해 내려가게 되었다.

때가 여름이 시작된 즈음이라 모심기며 파종기는 지나 약간은 한가한 때였던 것이다. 논마다 벼는 푸르게 자라고 있었고 무논에서는 뜨거운 열기가 물씬물씬 했다.

산길을 한참 내려간 끝에야 닿은 마을은 그다지 크지 않아 이십여 가구 정도였다.

동네 어귀에 들어서자 정자가 있었는데 거기에 칠팔 명의 촌노들이 모여 부채질을 하며 담소 중이었다.

마휘가 말했다.

"말씀 좀 여쭙겠습니다. 여기가 물만골인가요?"

그러자 촌노들 표정이 제각기 정리되지 않은 채 서로 쳐다보던

끝에

"물만골……? 여기는 아닌데?"

했다.

당연히 그럴 줄로 알았던 마휘는 아니라는 말에 들컥, 하는 기분이지 않을 수 없었다.

"아, 그러신가요? 그럼, 물만골 마을은 어딥니까?"

노인 한 사람이 나서며 말했다.

"물만골이라고는 없소. 이 가근방에는 그런 마을이……."

"네? 그래요?"

"어디서 왔소?"

"네. 저희는 저 탄광에서 왔습니다만……."

"탄광이라면 폐광을 한 거기란 말이요?"

"네."

"아, 거기에 아직도 사람들이 있었구려. 하여간 여기는 물만골이란 마을은 없다오."

그래서 마휘는 간략하나마 물만골 이장이라는 사람이 경운기를 타고 찾아왔더라는 말을 하게 되었다.

"그러니까. 얼마 전에 어디서 온 사람이 차는 여기 세워두고 경운기를 빌려 타고 간 적이 있다오. 누군지는 모르지만~."

생각도 못한 해괴한 일이었다.

이제 두 사람에게 남은 것은 해괴함이었다. 물만골 이장이라던 그 사람은 누구였던 것일까. 그리고 왜 두 번이나 찾아왔으며 쌀까지 실어다 주었던 것일까. 그건 해괴함이 아니라 수수께끼가 아닐 수 없었다.

두 사람은 터덜터덜 돌아오게 되었다.

마음은 가볍지를 않았다. 도무지 알 수 없는 일로 해서 두 사람은 미로를 헤매는 것 같은 기분이기도 했던 것이다.

그러다 두 사람은 혹시 모를 일로 물만골 이장이라는 사람이 다시금 찾아오는 일이 없을까 하며 기다려보기로 했다.

#〈 〉

여름을 적시는 비는 밤새 내리는가 했는데 날이 밝아서도 멈추지를 않았다.

비가 내리면서 엉뚱한 생각까지 불러오던 것이어서 그럴 때면 마휘는 달갑지 않았다. 비와 함께 떠오르게 그때의 생각이었기 때문이다.

마휘의 머릿속을 어지럽게 하면서 마치 눈앞의 일처럼 펼쳐지던 것은 교도소 감방에서의 한 때였던 것이다.

허풍과 과장과 거짓이 난무하는 거기에 모함과 투기까지 끼어들어 활개를 치던 것이 교도소 감방 언저리였다. 멀쩡한 사내들이 세상과 등지고 사회로부터 격리당한 채 방치되어 있는 곳이기도 했다. 그들은 그러한 자신을 부끄럽게 생각하거나 뉘우치는 기색이란 요만치도 있지 않았다. 그들을 뭣하게 말해서 주는 대로 먹고 되는 대로 살아가는 그런 인간들의 집합소이기도 했으니까.

일요일에 비까지 추적추적 내리는 날이었다.

교도소에서의 일요일은 그리고 이렇게 비가 내리는 날이면 완전 딴 세상이었다. 모두가 방안에서 뒹굴거나 낮잠을 자는 시간이기 때문이었다. 그들을 보호하던 것은 두꺼운 철문이었다.

어디서 무엇들을 했든지 덩글덩글 한 덩치의 사내들이 덩치가 져 한 방에서 뒹구는 것을 두고 동물원을 방불케 하던 것이라 해도 하나 틀린 말이라 할 수는 없었다.

밖에서는 비가 쏟아졌다.

쏟아지는 비는 창문을 두드리다 방안으로 튕겨져 들어오기도 했다.

한 방에 인원은 열두 명이었다. 비좁을 수밖에 없었다. 거기에는 보이지 않는 서열까지 있어 신참과 고참으로 구분되었다. 고참은 교도소 경력으로 소위 별이 몇 개나 되고 오랜 동안 감방생활을 하고 있는 중범죄자였다. 그들은 그걸 관록으로 내세우기도 했다.

방안은 질서가 없었다. 가로 눕거나 모로 눕거나 해서 큰 대자로 뻗고 나면 방안은 빈자리가 없었다. 발 뻗을 곳이 없는 건 고려할 사항이 아니었다. 고참들의 텃세로 해서 였다.

그 사이에 신참들은 눈치껏 자리를 잡아 앉거나 누울 수밖에 없던 것이 질서 아닌 질서였으니까. 그러는 사이 소리 없이 쥐어 박이고 걷어차이던 것은 신참들이 예사로 겪는 일이었지만 하소연할 곳은 있지 않았다. 그걸 뻔히 아는 교도관들마저 모른 척 하던 것이라 암묵적인 룰이기도 했다.

  방안은 한가할 수도 무료할 수도 없었다. 법은 없고 주먹만 있던 것이라 불평과 비명은 통하지 않았다. 그래서 외관상 언제나 조용하고 평온했다.

  방 가운데 큰 대로 누운 치가 하는 소리였다.

  "야, 비 그거 잘 온다잉. 먹고 배 두드리며 낮 잠 자기 딱 아녀."

  그러자 다른 치가 그 말을 받았다.

  "비가 고마운 거야, 밥이 고마운 거야."

  "그야. 뭐 두 말할 것 있냐. 밥이 고마운 거지."

  "그렇담. 거시기 하자고 배 한 번 탔다가 8년 간 공밥이면 그만한 장사도 쉽지 않은 것이겠구먼."

  강간치상범을 두고 하는 소리였다.

  "씨팔. 거시기 배 한 번 탔다고 8년이나 때린 건 너무하잖아? 언 놈, 거시기 안 하는 놈 있냐?"

  "별이 몇 개야? 8년은 그 별 때문이지. 상습범으로~."

  "씨팔, 제 기집하고는 날마다 하는 놈이 언놈 한 번 했다고 8년이야? 세상 너무 불공평하잖아? 안 그래?"

  "맞아. 그렇지만 내 건 요새 너무 굶겨 놓아서 다른 놈팽이 좋은 일 다 시키는 것 아닌지 모르겠어. 제길헐~."

"올 때 꿔매 놓고 오지 그랬어. 엥쭛."

"너무 급해서 그 생각은 못했지."

"죽으면 썩어질 몸, 살아 있을 때 기운 차려서 많이 하라고 해. 뭐 별 수 있냐."

"제미 씨브랄 것. 김제 땅 벌판에서 썩은 새끼줄 한 토막 집어 들고 갔다가 소도둑으로 몰린 놈은 어쩌고."

"그건 재수 더럽게 없다는 것 아냐?"

"하긴, 썩은 그 새끼줄 끝에 황소 한 마리가 매달려서 끌려오긴 했었지만 말야."

그때 방 가운데 가장 자리에서 자는 듯이 누었던 치가 나섰다.

"내가 말야. 이래 뵈도 왕년에는 어깨에 힘주고 광발 좀 내던 몸이라고. 그때는 말야. 내가 술집이라는 데를 터억, 나타났다 하면 그날은 장사 바로 다 했다는 것 아니겠냐. 문부터 닫고 젊은 기집애들은 있는 대로 다 모였는데 옷이라는 건 입는 법이 없었지. 그날 장사는 그것으로 내가 다 시켜줬거든."

"에잇. 그 정도를 가지고는 말이 안 되지. 난 말야. 우리 보스가 앞장서고 밑에 애들 서너 명이 스프링 백을 메고 따라 다녔는데 필리핀에서 그랬지. 술집에 막 들어가니 밴드가 요란하고 싸이키 조명이 어지럽게 돌아가고 모두 좌악, 하니 테이블들을 차지하고 앉아 술을 마시며 한창 떠들고 있더라고. 그래서, 에라이 순, 하며 백에서 달러를 한 웅큼 움켜쥐고 말야. 돌아가는 대형 선풍기를 향해 확, 내던졌지. 그랬으니 어떻게 되었겠냐. 온 천지가 돈 세상이 된 거지. 그러자 난장판이 난 거지 뭐. 인간들이 한꺼번에 엉켜서 니도 나도 그 놈의 달러를 줍느라고 아우성인 거야. 술집이 일대 혼란이 빠지고 그때부터 우리가 그 술집을 접수했던 거지."

 부끄러운 것을 부끄럽게 생각하지 않던 것이 그들이었다. 뿐더러 자신이 남의 삶의 영역을 침해하고 그리하여 피해를 입혔다는 것은 아랑곳하지 않았다. 그따위 것쯤은 생각할 필요가 없다는 것이 대체로 그들의 잠재적 사고방식이었다. 그러니까, 내 것은 내 것이고 네 것도 내 손에 쥐면 내 것이라는 그런 생각으로 무장해 있던 것이 그들 인생관이라 할 수 있었다.

 따라서 그런 말들을 할 때를 보면 그들은 활력이 넘치고 생기가 살아 있었다.

 비는 그들을 상대하지 않고 온 종일 그냥 내리기만 했다.

〈   〉

 마휘는 며칠째 머릿속이 헝클어진 것 같이 뒤숭숭한 상태였는데 그것이 정리되질 않아 마음도 따라 어수선하던 것이었다. 그랬는데 그날에야 자고난 아침 눈을 뜨면서 멀리서 들려오던 종소리에 마음이 다소간 가라앉는 듯 했던 것이다. 종소리는 이따금씩 들려오던 것이었는데 등성이 넘어 사찰에서 울리는 것인 듯 했다.

하여간 그 종소리로 해서 며칠간 헝클어진 머릿속이 정리되면서 맨탕으로 이유 모르게 계속되던 그 불가해한 생각들을 다잡을 수가 있었다.

~사람은 무엇으로 사는가. 먹기 위해 사는가. 아니면 살기 위해 먹는가 하는 조금은 허무맹랑한 생각의 파편들이 이리저리 휘젓는 것이라 머릿속이 복잡했던 것이다.

그런 속에 떠오른 생각은 아무 도움이 되지 않을 뿐더러 한편 객강스럽기도 했다.

하긴, 저번에 며칠간 먹지 못해 굶어 본 이후로 그 같은 생각이 가끔씩 떠오르던 것이었는데 그때마다 지워버리곤 했지만 따지고 보는 때면 인간은 먹는다는 것에 갇혀 있는 생존본능에 모든 것이 매달렸다고 해도 크게 틀린 말은 아닌 성 싶었다. 먹지 않았을 경우, 그 앞에는 어떤 것도 존재할 수 없었기에 말이다. 그러면서도 우정 살기 위해 먹는다는 소리는 하고 싶지 않았다. 그렇다고 먹기 위해 산다는 소리도 할 수가 없었다.

인간의 생존이 그런 것이던가 보았다.

마휘는 그날 종소리의 정체를 한 번 찾아가 보리라고 생각하고 나서게 되었다.

종소리의 정체는 등 너머서 사찰인 듯 했지만 어딘지 알지는 못했다.

인간이 산다는 것과 먹는다는 것과의 기로는 어떤 결론도 나질 않았다. 그러고 보면 배 불리 먹는 인간은 생각할 문제는 아닐 것 같았다. 하여간 그 같은 생각은 사찰을 찾아가는 구실이 되어 주었다.

처음 가는 산길은 익숙할 수 없었다. 큰 수목은 없었으나 수풀이 우거진 덤불은 길을 허락하지 않았다. 그래서 덤불을 헤치며 더듬은 끝에 조금씩 발길을 옮기게 되었다.

산등성이 너머 저쪽에서 가끔씩 들려오던 종소리로 거기 어디에 사찰이 있겠거니 했는데 보이질 않았다.

별 것도 아닌 종소리는 한 번씩 들리면서 사람을 복잡하게 했다. 그러니까, 뭔가 빈약한 듯한 그 종소리를 듣는 때면 사람의 심회(心懷)에 이상한 파문을 일으키면서 속세의 난해함을 잠재우려 하던 그런 무엇 같기도 하던 것이었다. 종소리는 들리는 날도 있었고 안 들리는 날도 있었다. 마휘가 그날 나서게 되었던 것은 오로지 그 종소리 때문이었다고 할 수 있었다.

그랬는데 사찰은 보이지 않고 두엄 같은 움막으로 된 토담집 한 채가 완만한 절벽을 배경으로 앉아 있었다. 만약 수풀이 더 우거졌더라면 그냥 지나쳤을지도 모를 형국이었다. 둘러보니 거기 말고 따로 사찰이 있을만한 형세가 아니기도 했다.

그래서 토담집 마당으로 들어가 보기로 했다. 사람이 있는 경우 물어볼 수도 있지 않겠나 하던 것이었는데 빤할 것 같은 덤불길이 빤하지를 않던 경우와 다르지 않았다.

다시 걷는 걸음 103

마당으로 들어가 마휘가 두리번거렸으나 인적을 발견할 수가 없었다. 사람은 아무도 있지 않았다. 흙으로 둘러싼 토담 움막은 그러나 볼품과는 달리 매우 안온해 보였다. 어울리지 않게 처마 끝으로 커다란 징이 하나 매달려 있었고 그 옆에 삐딱하게 선 기둥을 의지해서 심불암心佛庵이라고 쓴 나무 판대기가 붙어 있는 게 보였다. 그러고 보면 사찰이라는 뜻이지 않겠는가. 희한했다.

징은 아마 종을 대신 하던가 보았다. 그러자 뭔가 신기하다는 생각과 이상하다는 호기심을 동시에 자극하던 지라 여기에 사람이 산단 말인가 하는 생각까지 하게 되었다.

마휘는 한 번 확인하기로 했다. 거기에는 혈거족처럼 갱구에서 생활하고 있는 지금의 자신들과 뭐가 다르겠는가 하는 막연한 비교심리도 작용하지 않았던 것이라 할 수 없었다. 어떤 기묘한 조화 같은 것도 없지 않았다.

우선 외관이 그랬다. 곧 쓰러질 것만 같은 토담 움막으로 방이 하나인 듯하고 부엌이 한 칸 달려 있는 구조였으나 가제도구는 보이지 않았다. 지붕은 무슨 나무껍질로 이엉을 올려서 그 위에 돌멩이들로 얽기설기 올려놓아서 비바람을 피하자는 것이던 것 같았다. 지붕을 보아서는 소위 굴피나무 집이었다.

사람은 보이지 않았다. 숨소리 하나 없이 조용한 정적 속에 어울리지 않게 움막은 방문까지 활짝 열려 있었다. 그래서 마휘는 누가 뒷간에라도 갔나 하고 서성거리며 기다렸지만 종내 사람의 인기척은 나타나질 않았다. 기웃거리던 끝에 섬돌에 선채 방안을 기웃거리게 되었다.

　채광이 좋지 않아 대낮에도 어둑한 방안이었지만 소박하리만큼 아무 것도 없었는데 정면 벽을 가득 채우고 있던 것은 부처상像 그림이었다. 그리고 그 앞에 목제 사과 상자 두 개를 포개서 불단으로 삼아 촛대며 향이 놓였고 그 옆에는 쓰다 둔 염주며 목탁이 놓여 있었다. 하여간 햇볕이 들지 않아 어둑한 움막 안이지만 약간은 정갈스럽다는 감도 없지 않았다.

　방문 앞에 신발을 벗으며 올라 서 딛게 판자 쪽 하나가 놓여 있었다. 마루였다.

　마휘는 그 마루에 걸터앉아 주위 산세를 살피며 한숨을 돌리려는데 그때 숲속에 불쑥하니 나타나던 것이 사람이었다.

　그 바람에 마휘는 찔끔하지 않을 수 없었다. 나타난 사람은 6십대 중반쯤으로 보이는 남자였다. 삭발한 두상이며 재빛 입성이며 어깨에 멘 걸망까지 스님이 분명했다. 그렇다면 이 스님이 여기 암자에 사는 스님인가 하는 의문은 그 다음 하게 되었던 것이다.

　마휘가 주춤하는 사이 스님이 먼저 하는 말이었다.

"웬 분이시오?"

"아, 네. 스님이시군요."

　그러자 뚱한 눈길로 잠시 마휘를 바라보던 끝에 하는 말이었다.

"난 스님이 아니오."

뜻밖의 말에 마휘는 당황했다.

"네…? 그, 그러시면……?"

"난 중(衆)이오."

"아, 여기 사시는 분이신가요?"

"그렇소."

걸망을 벗어 기둥에다 걸었다. 걸망은 보잘 것이 없었다. 아마 탁발(托鉢)을 한 걸망이던가 보았다. 그런데 탁발한 것 치고는 너무 형편없는 듯했다.

"실례했습니다. 저는 요 넘어 탄광에 사는 사람인데 산길에 나섰다가 집을 발견하고 잠간 쉬느라 들렸던 겁니다."

"그런 가요. 탄광이라면 폐광한 줄로 아는데?"

"네. 폐광했지요. 그런데 저희는 사정에 따라 동료 한 사람과 떠나질 못하고 당분간 거기서 지내고 있는 형편입니다."

"아, 그래요? 어디서 살면 어떻습니까. 사람이야 몸뚱이 하나 간수하면 되는 걸~."

그러면서 신발을 벗고 방으로 들어가던 것이었다. 마휘는 그런 모양을 그냥 보고 있자니 계면쩍은 터라 한 마디 한다는 게 그랬다.

"혼자 지내시는가 보군요?"

"그렇소. 그렇지만 중은 언제나 부처님이 계셔서 혼자가 아니지요."

그 말에 마휘는 그냥 있자니 쑥스럽기도 해서 다시금 말을 하게 되었다.

"그러시다면 부처님 공양도 손수 하시군요?"

그러자 중이 허허허, 하고 웃었다.

"부처님이 언제 밥 먹는 걸 보았소? 말짱 헛짓이지. 공양은 무슨 공양~."

헛짓이라는 말에 어이가 없었다.

마휘도 따라 웃었다.

"밥은 손수 해야 하는 것 아닌가요?"

"밥? 그까짓 것 할 게 뭐가 있어. 쌀 한 줌 털어 넣고 물 한 모금 들이키면 밥이야 속에서 되는 거지."

이제 마휘도 할 말이 없었다. 그렇다고 가만 있을 수는 더욱 없었다. 잠시 분위기가 난감하던 끝이었다.

"여기 불공佛供 드리러 오는 신도가 많은가요?"

"여기 신도가 있을 리가 있소? 보면 알 일이지."

"그럼……?"

"뭐가 걱정이요? 중이 굶어 죽었단 소리 들어 본 적 있소? 중이야 본래 논도 밭도 없는 처지라 내려가면 탁발 온 줄을 알고 다들 보시를 하지요. 그 덕에 중은 먹고 사는 거고~."

"신도가 많은 절이 아니라서 고생이겠습니다."

"뭘요. 난 치탈도첩褫奪度牒을 한 건 아니지만 중은 없고 스님만

득실거리며 패거리로 물욕과 권력에 눈이 어두워서 날뛰는 꼴은 못 봐 팽개치고 나온 거지요. 그러니 난 아웃사이더인 셈이요."

의외였다. 본류 승려들 가운데서 소위 땡추로 분류되던지 모를 노릇이었다.

"저 같은 사람은 잘 모르지만 그런 건 종교도 제도권 안에서 중생과 호흡을 같이 하려다 보니 그런 것 아니겠습니까."

"헛된 망상들이지. 중이면 중 같이 살아야지. 이것도 아니고 저것도 아닌~, 줄을 세우면 죽반승粥飯僧도 안 되는 주제들이 스님 행세를 하느라……. 염불에는 뜻이 없고 젯밥에만 혹탁을 해서 날뛰는 그걸 두고 소위 하는 말로 중도 아니고 속俗도 아니라고 하지 않겠소. 당초 중이란 삶과 싸움질 하는 고행이었는데 초심을 저버리는 행위지. 재물이니 권력이니 하는 것에 휩쓸리면 중으로서는 볼짱 다 본 거지 뭐요. 이 세상 모든 것은 물거품에 지나지 않아. 인간의 허무에 쫓겨 중이 되기로 나섰으면 끝까지 중으로 살아야지. 젯밥 탐하는 스님이 무슨 중이요?"

듣고 보니 왠지 먹먹했다.

해가 뉘엿해져 가고 있었다.

바람이 일어 스쳐가면서 쓸쓸히 내리는 산 그림자를 일렁이게 했다.

마휘는 일어나야겠다고 생각하고 몸을 일으켰다.

"언제 또 놀려 와도 되겠습니까?"

"그러시구려. 언제든지~. 나는 법명이 무공(無空)이오. 무공을 찾으시오."

그제서야 마휘도 당황했다.

"아, 네. 저…, 저는 허許마휘라고 부릅니다."

마휘는 또 오겠다는 약속을 하고 돌아오게 되었다.

#〈 〉

여름이 시작되었지만 더위를 몰랐는데 한낮이 되면서 급기야 주위 암벽이 뜨거움을 발산하기 시작했다.

언제 그렇게 되었는지 그 사이 계절은 다른 모습이 되었던 것이다.

검은 암벽의 복사열로 더위는 대단했다. 또 그런 더위를 피하는 곳은 갱 속만 한 데가 없었다. 갱 속에는 서늘한 기운이 밀려나오던 것으로 말이다.

필무는 아예 갱 속 텐트에서 나오지를 않았다. 그래서 마휘는 필무를 찾지 않고 빈 자루에 쌀을 서너 되박 퍼 담아 나서게 되었던 것이다. 무공 스님이 탁발을 다니다 보면 물만골을 알지 않겠나 하는 생각 때문이었던 것이다.

무공 스님이 오늘은 제발 탁발을 나가지 않았기를 바라는 마음이었지만 사전에 연락할 방법이 없어 헛걸음을 하더라도 어쩔 수 없는 일이었다.

덤불 길은 역시 익숙할 수가 없었다. 눈여겨 보아놓았던 덤불길은 온 데 간 데가 없었다. 그래서 먼 산 등성이를 눈으로 더듬어가며 겨우 찾아가자 웬일로 무공 스님은 나무토막과 씨름 중이었다.

"오늘은 탁발을 가시지 않으셨군요."

"뭐 탁발은 맨날 가는 게 아니니까."

"이거, 공양미로 조금 가져왔습니다."

그러면서 마휘는 쌀자루를 마루에 내려놓았다.

"어허. 간밤에 꿈이 좋더니만 앉아서도 공양미를 받다니."

얼마 되지 않은 것인데도 무공 스님은 매우 흡족해 했다.

"뭘 하시는 겁니까?"

"아, 예서 부처님을 꺼내려는데 솜씨가 연장을 닮아 시원찮아서 얼른 꺼낼 수가 없구려."

무공 스님은 나무로 부처를 다듬고 있었다.

"솜씨가 괜찮은 것 같습니다."

"아니여. 부처님도 서툰 중을 잘못 만나 고생이지만 어쩔 수 없구려."

다듬던 목불木佛을 밀쳐두고 손을 털었다.

마휘는 무공 스님한테 물어보고자 하던 말을 하게 되었다.

"스님, 탁발 다니시다 혹시 물만골이라는 마을에 가 본 적이 있으신가요?"

무공 스님이 고개를 갸웃 둥 했다.

"물만골……? 그런 마을은 들어 본 적이 없으이."

그때 청년 한 사람이 찾아왔던 것이다. 청년은 초행이 아니던가 보았다.

"여, 소설가 선생. 예까지 온다고 고생 많았소."

무척 반가워하며 무공 스님이 하는 말이었다.

청년은 땀을 뻘뻘 흘리며 메고 온 물건들을 내려놓았다. 그리고 땀을 닦았다.

"더운데 조용히 소설이나 쓸 일이지 예까지 무슨 고생이람."

메고 온 물건은 모두 식품류였다. 라면 두 박스에 사탕 봉지가 몇 개 그리고 비스켓과 통조림이며 과일 등속이었다. 수박도 한 통 있었다. 땀을 흘릴 만 했다.

"소설이 써 지질 않아 오며 가며 하다 써 지려나 해서 나섰던 것인데 되게 덥군요."

언제 무공 스님이 물 한 사발을 떠 와서 청년에게 내밀었다. 그러자 물 사발을 받아 들자 바로 벌컥벌컥 들이키던 다음 입에서 사발을 떼며 토하던 것이 나이답지 않게

"크아~, 이제야 살 것 같네."

하는 소리였다.

그러자 옆에서 무공 스님이 거들었다.

"하여간 예까지 오느라……, 오늘 고생 맛 한 번 제대로 했구만~."

"더위가 이렇게 덤빌 줄은 몰랐던 거죠."

이번에는 무공 스님이 마휘를 소개했다.

"이 분은 허마휘 씨라고, 저 너머 탄광에 계시는데 오늘 공양을 드리려 왔다는 것 아니겠어. 중에게는 공양드리러 오는 분만큼 반가운 이가 없지러. 그런데 이 분은 소설을 쓰는 변양원卞糧援이라 한다오."

그러자 청년이 마휘를 향해 인사를 했다.

"아, 그러신가요. 이 더운데 오느라고 고생 많았겠습니다."

"아뇨. 나야 뭐 같은 산등성이라 지척이니까요."

그렇게 해서 어울리게 되었다.

그늘을 따라 둘러앉아 물에 담가 두었던 수박을 깨서 한 조각씩 베어 물었다. 수박 한 조각을 베어 무는 순간, 그 기분은 낙원이 따로 없었다. 단지 한 조각 수박이 사람 기분을 그렇게 할 줄은 알지 못했던 것이다.

수박을 두 번째 베어 물던 무공 스님이 하는 말이었다.

"어, 흐흐…, 부처님이 바로 여기에 계셨구먼."

무공 스님의 말에 모두 한 바탕 웃음을 터뜨리게 되었다.

"스님, 그 말씀은 훼불毁佛하시는 것 아닌가요?"

"아니여. 본래 내가 편안하고 세상이 평온하면 거기가 불국佛國 정토淨土라, 중요한 건 사바세계의 깨달음에서 삶의 내적 풍요로움이라 했거든. 삶이 풍요로우면 거기가 불국정토야."

"이 때의 풍요로움은 물론 물질과는 관계가 없는 것일 테죠?"
"그렇다고 하는 게 맞을 거여."
"그 말씀은, 얼른 이해가 안 됩니다. 그러니까, 어떤 게 행복인지도 모르는 삶이라 행복의 조건이란 게 모호하던 것이 물론 이유겠지만……."
"모호한……, 으흐흐흐……. 그럴 테지. 행복, 행복하지만 진정 행복이 어떤 것인지도 모르잖어. 그러니까, 경험하지 않은 행복이란 얼굴 모르는 타인과 다름 아니니 말여."

소설가는 역시 짓궂은 데가 없지 않았다. 한참만에야 하는 말이 무공 스님을 곤궁하게 몰아가려 드는 것만 같은 소리였기 때문이었다.

"스님. '부처님이 바로 거기에 계시는 걸' 몰랐던가요?"
"몰랐어. 부처님은 늘 마음속에만 있어 얼굴을 보질 못했거든."
"부처님을 폄훼하시는 것 아닌가요?"
"아니여. 중들이 자기도 부처가 되겠다고 화두話頭에 매달리지만 그건 아녀. 그러다 나중에야 속은 줄 알게 되는 게 중이 걸어가는 도정道程이라 할 수 있지. 불교란 믿는 것이 아니라 깨우치는 길이라 했잖은가. 부처가 된다고 변하는 것은 없어."
"스님. 사람은 왜 죽습니까? 스님은 죽음이 무엇이라고 생각하시는 지요?"

소설가는 역시 소설가였다.

무공 스님이 그만 허허허, 하고 웃었다.

"이 생生도 모르는 주제에 죽음을 어떻게 알어? 혹자가 말하기로 인간에게 죽음은 구원이라고도 하더만~. 그건 전혀 일리가 없는 건 아니여. 그렇지만 죽음은 없는 거여. 죽음이란 그냥 개념일 뿐이라고 하는 게 맞지 않을까. 사람에게는 삶이란 것이 소중하니 말여. 죽는다는 건 옛날 그곳으로 되돌아가는 것으로 생각하면 편안할 거여. 그 뿐이여. 죽음이 허무하다니 뭐니 하는 그건 모두 살아 있는 사람을 기준으로 하는 소리일 테고~. 안 그려? 사람은 누구나 죽음을 두려워하잖아? 그건 경험해 보지도 않고서 지레 하는 짓이여."

그러다 스님을 향해 소설가가 다시금 하는 말이었다.

"기독교에서는 사랑이라 하고 불교에서는 자비라고 하는데 스님은 그걸 어떻게 생각하시는지요?"

"뭔 말이여? 깨우친다고 자비가 소낙비처럼 쏟아지나? 그 놈의 화두가 중을 조진 꼴이지. 실천하지 않는 자비는 물이 나지 않는 우물일 뿐이여. 그런데 중들은 자비를 마치 전유물처럼 아무렇게나 휘두르니 말여. 마치 중생의 삶을 업보에서 해방되게 해 줄 것처럼 말여."

그러다 말고 무공 스님은 짓궂었다. 모두가 웃고 있는 사이 무공 스님은 말을 돌려서 소설가를 슬슬 놀리려 들던 것이었다.

"여, 소설은 왜 써누. 무엇 때문이여?"

단순한 질문 같지만 소설가에게는 결코 단순한 질문이 아니던지 모를 일이었다. 아니, 어쩌면 사람은 왜 죽고 사느냐 하는 것만큼 어려운 질문 같을 테니 말이다.

무공 스님의 말에 흠칫해서 긴장했던 것은 소설가가 아니라 마휘였던 것이다. 소설가가 뭐라고 대답하나 해서였다.

소설가는 한동안 대답이 없었다. 그러다 안 할 수 없었던지 입을 열었다.

"저 같은 졸학卒學으로 그런 대답을 할 능력이 되겠습니까마는 한마디 한다면 안 쓸 수 없기 때문에 쓰는 것이라고 할까요."

"소설을 쓴다면 졸학이라는 말은 할 수 없지. 그런데 거, 안 쓸 수 없는 게 뭐여. 뭐 때문이여?"

"그, 글쎄. 그건 저도 모르겠습니다. 인간에게는 숨 막히는 어떤 것이 있지 않습니까."

"그 말은 눈 어두운 중놈과 다르지 않다는 것이구먼. ……숨 막히는 것~. 그렇지. 인간에게는 숨 막히는 그게 문제여. 그게 사람을 방황하게 하고 좌절하게 하니 말이여. ……삶이 무엇인지도 모르면서 살아 버둥거리는 중생들~. 그렇잖아? 그런데 숨 막히는 것하고는 전혀 상관없는……, 소위 정치한답시고 목에 힘 꽤나 주고 거들먹거리는 치들 말여. 나쁜 짓했다가 들통이 나는 때면 상대를 향해 곧잘 하는 소리가 그거 아녀. '소설 쓰고 있네' 하는 그 소리~. 그럴 때면 나는 당최 그 소설 쓰는 게 뭔지 모르겠더라니까. 그래서 쓰는 건 아닐 테지만. 맞는 겨?"

"그런 작자들이 하는 소리를 그대로 들을 수는 없죠. 모르는 건 저도 마찬가지입니다."

"난 그들이 소설을 다 쓰는 것으로 알았는데? 아닌가?"

"아니죠. 그들은 소설이 뭔지도 모르고 말만 가지고 하는 소리일 뿐이니 말입니다. 그런 자를 두고 말을 한다면 소설을 한 줄도 읽어보질 않았기 때문에 그런 소리를 하는 거라고 할까요. 그러니까, 그 말은 곧 '나는 이만큼 무식 하노라'하는 자기무식을 스스로 실토하는 것 이상은 아니라는 걸 말입니다. 그걸 모르고 하는 소리라는 데 숨통이 차죠. 완전 무식한~~."

"호오. 또 그렇기도 하구나. 그렇다면 그들은 왜 그런 소리를 할까?"

"말하지 않았습니까. 무식하기 때문이라고 말입니다. 자신이 얼마나 무식한지도 모르는~. 그런 말이 있지 않습니까. 무식한 자가 가장 용감하다고~."

"그렇다면 그건 만용인가?"

"만용인 줄을 알면 다행이게요. 그냥 마구잡이로 무식한~."

"에그, 그런 자들이 정치한다는 이 나라 국민 노릇하기 그래서 힘들었구나. ……덧없는 인생 뭘 아누."

무공 스님은 신랄했다.

이야기는 마휘가 바라던 바가 아니었지만 그러나 점입가경이지 않던 것은 아니었다.

"스님. 인간들이 왜 똑 같지 않고 그런 종족이 태어날까요?"

소설가가 정색을 해서 하는 말이었다.

"똑 같으면 재미가 없을 테지. 안 그래?"

이때의 무공 스님 답변은 선문답도 아닌 그저 구렁이 담 넘어가는 식이었다.

그랬지만 소설가는 무공 스님을 놓아주질 않았다.

"인간의 삶을 어떻게 정의하면 될까요?"

"허억. 그런 어려운 문제를 감히 이런 산골 중 정도가 말할 수 있을 것 같아? 당연히 모르지. 나는 내가 누구인지도 모르는 존재여. 그래서 어째 태어났는지도 모르고 살고 있는 부끄러운 인간이여. 그래서 이렇게 죽반승 노릇도 제대로 못하잖어."

"소설을 써느라 허덕이다 제가 왜 소설을 써야 하는지를 알지 못해 땀 흘리며 전전긍긍할 때가 있거든요. 세상에는 소설을 쓰지 않는 사람이 더 많은 데 말입니다. 소설을 안 쓰는 그 사람들이 저는 부럽기도 해요. 소설을 안 쓴다면 이런 고통과는 관계가 없을 텐데 말입니다."

"소설가는 삶의 구도자求道者라고 했던가? 삶을 떠메고 외로운 사막을 혼자 걸어가는……. 그런 모습이 안쓰러워 옆에서 그림자가 더불어 걸어가며 지켜주고 있는 구도자 말여. 고통을 투자하지 않고 얻어지는 것은 아무 것도 없다는 걸 아는 게 소설가라고 하면 틀리지 않을 게여. 인간의 본질적인 욕망에서 벗어날 수 있는 것도 한 편의 소설이 아니겠어?"

무공 스님의 말에 소설가가 멍해지고 말았다.

"삶이란 것이 태생적으로 왜 허무를 내포하고 있으며, 인간은 왜 인간인가, 인간은 왜 태어났는가 하는 것 등 그런 질문을 껴안고 뒹구는 것이지요. 그래서 소설이 해야 하는 역할에 가로놓인 문제가 숙제 같단 말입니다."

"그려. 구도자인 척하며 팔아먹고 사는 사이비 종교업자와는 다른 차원에서 땀 흘리는 사람이 소설가들이니 말이여. 그렇다고 인간이 각자 살아가는 방식이 다 다른 것도 아닌데 말이지. 우리는 삶을 등에 진 달팽이에 지나지 않다고 할까. 등에 진 그 짐을 누구도 벗어 버릴 수 없으니 말여. 그 짐을 벗는 날이면 이 세상에서 삶이 끝나고 그러면 죽음이 도사리고 있다는 것 아니겠어. 그 짐을 벗는 때면 세상과도 결별을 해야 하고……, 인생이 난해한 것은 짐을 지고 사느냐 벗어 팽개치고 죽음을 향해 손을 드느냐 그 문제 아니겠어. 사실 그 문제에 대해 누가 무슨 말로 어떤 해답을 내놓겠느냐는 거지. 여기에 정답이 있다고 생각하는가? 아무리 해도 정답은 없어. ……인간의 내부에는 잘못만 있는 것도 아니고 꿈도 있고 환희도 있고 눈물도 있다는 것 아니겠어. 때로는 웃고 우는 그것이 인간이니 말여. 하여튼 오늘을 살아가는 우리는 삶에 관대해지자는 거야. 한낱 부질없는 삶을 몰아 때린다고 해서 한 세상 태어난 인생을 어쩌겠어. 우리들 삶은 우리가 보듬고 가야 한다고 생각해. 그래서 종교니 신이니 하는 것을 너무 믿는 것도 옳다고 할 수 없을 거여. 세상은 고난과 벌이는 한 판 싸움에 다름 아니거든. 그런데 또 그 싸움에 이긴다고 한들 반드시 행복해지는 것도 아니니 말이여. 그것이 인간과 세상의 한계라 할 수밖에 없어."

그때 소설가가 짓궂은 소리를 했다.

"부처님은 뭐라고 할까요?"

무공 스님은 한마디로 단호했다. 숨기는 것도 없었다.

"모르겠어. 난 아직 이날까지 부처님을 한 번도 만나 본 적이 없으니께. 아마 부처님도 다른 말씀은 없을 거라고 생각해. 부처님이 하시는 말씀을 다 풀어보면 자비를 베풀고 착하게 살라고만 했거든. 룸비니 동산에서부터 부처님이 고행하며 헤매었던 것도 덧없는 인생 극복되지 않는 삶의 허무감이었던 거지. 그래서 사는 동안은 남과 아옹다옹하지 말고, 남 울려 죄 짓지 말고, 탐욕부려서 세상 혼탁하게 하지 말고~. 그렇지 않은가. 언제나 인간문제는 인간이 주인이거든~."

그러다 잠시 침묵이 흘렀다. 이때의 침묵은 분위기를 전환하던 것이었다.

소설가가 입을 다시 연 끝에 하는 말이었다.

"스님, 탁발을 나가시면 힘들지 않으신가요?"

"그건 중이 사는 길인 걸. 힘들고 안 들고 할 게 어디 있어."

"그런데 탁발은 금지되어 있기도 하지 않은가요?"

"종문宗門에서는 못하게 하지. 잡승들이 금품을 요구하는 사례며 불미스러운 행태들 때문이지. 그렇지만 탁발은 예전에 부처님도 했었거든."

"탁발을 나가 보면 어떤가요?"

"어떨 게 뭐가 있어. 탁발을 그냥 구걸행위로 보아서는 안 되네. 탁발을 하다보면 그저 세상이 보인다고 할까. 저잣거리의 온갖 소리들~, 여염집 대문이며 싸립문 풍경들~, 거기에 인간의 절절함이 고스란히 있는 걸 볼 수 있지. 그래서 부처님의 말씀을 수행하는 일환으로 생각하며 세간의 가장 아래로 내려가서 모든 것을 껴안으려는 보시행위가 탁발이라고 할까."

말은 거기서 끝날 것 같지 않았다. 소설가는 더 궁금한 게 있던가 보았다.

"스님은 왜 중이 되고자 하셨어요?"

무공 스님이 허허허, 하고 한 번 웃은 다음이었다.

"그거 나와의 싸움이었던 거지. ……그래서 처음에는 그저 마음을 닦는 것으로 생각하고 산문으로 들어섰던 건데 그게 그리 쉬운 게 아니었어. 중이 되는 거기에는 삶과의 치열한 싸움이라는 걸 알게 되었어. 그 싸움에서 내가 지고 네가 이기고 하는 판정이며 경계도 없더군. 그래서 뒹굴던 끝에 어느 날 부처님도 웃고 나도 한 바탕 껄껄껄, 웃었더니 그렇대. 내가 있는지 없는지도 모르겠어. 부처님을 찾아야겠다며 길을 나서게 되었지. 그게 만행萬行인 셈인데 서너 달쯤 무전취식하며 걸었던 거야. 그러다 우연히 보니 부처님이 주머니 속에 있는 걸 발견하게 되었어. 그때 아, 이게 끝이구나 하고 돌아오게 되었어."

듣기로 그건 무공 스님의 변명도 아니고 대답도 아닌 것만 같았다. 그야말로 선문답식에 지나지 않았다.

무공 스님이 슬그머니 웃음을 띄던 끝에 하는 소리였다.

"소설가한테는 삶의 개념이니 정의니 하는 게 중요할 테지만 일반 대중으로서는 삶이란 그냥 워낭 소리에 따라가는 눈 먼 강아지 꼴이라 그다지 중요하지 않는 것 아닐까? 삶이란 있는 그대로 사는 것으로 생각하고 의미니 가치니 하는 걸 따질 여유가 없을 테니 말여. 오직 산다는 거기에 매달렸을 때 더 의미가 있는 것은 아닐까? 우리 인생은 어차피 받아놓은 밥상이나 마찬가지니 말여. 안 그려?"

그 말을 받아서 소설가가 말했다.

"그건 저도 때로 그런 생각입니다."

"뭐 거창하게 꼭이 살고자 먹는다기보다 배가 고파 먹게 되고 먹으니까 살아 있는 것 아니겠어? 인간은 단순할 때 더 아름다운 것이여. 그러니까 그런 것은 섭리에 맡기고 그저 충실히 살기만 하는 게여. 그래서 인간이란 섭리에 맡겨진 산물이다 하면 틀린 말이 아닐 거라고 생각하네. 인간이 속물근성을 탈피한다고 부처가 되는 것도 아니니 말여. 속물근성으로 무장해 있는 인간~, 그게 아름다운 모습이라고 하면 틀린 말일까?"

그 말에 납득하기보다 불심(佛心)에서 발로한 무공 스님의 생각일 뿐일 거라고 생각하던 것이 마휘였다.

그런 것이 우리들 인간의 가감 없는 삶의 모습이라 할 수는 있을지 모를 일이기도 했다. 그렇지만 소설가는 어떻게 생각하는지 모르지만 마휘로서는 그건 전적으로 수긍할 수 없었다. 수긍되지 않았던 것이다.

그때 비로소 입을 한 번 열어 마휘가 무공 스님을 향해 묻게 되었다,

"스님. 삶의 의미란 무엇이라고 생각하십니까?"

무공 스님은 잠시 멍해졌다. 그러다 입을 열었다.

"삶의 의미란 본디 죽음 앞에 다다라서야 체득하게 되는 것이라 하거든. 그런데 달리 한다면 그건 모두 헛소리여."

소설가가 하던 말은 달랐다.

"그래도 우리들에게는 지평선이 있지 않습니까. 우리들로 하여금 삶을 놓칠 수 없게 하니 말입니다. 다가가면 언제나 멀어지기만 하지만 그러면서도 지평선은 빈곤한 우리들 삶의 지표가 되고 이정표가 되어주니 말이죠."

소설가로서는 그 말이 마무리였다.

인생이란 무엇인가, 그리고 삶이란 무엇이란 말인가 하는 그 많은 의문들~, 뻔하면서 전혀 뻔하지 않은 그 의문들~. 끈질기게 따라오며 달라붙던 것이 그 의문들이지 않겠는가.

거기에서 마휘는 곧잘 삶의 무게를 감당할 수 없기도 하던 것이었다. 먹기 위해 사느냐, 살기 위해 먹느냐, 쉬운 말로 흔히 하던 치기稚氣라고 밖에 할 수 없는 그 의문마저도 마휘로서는 수긍할 수도 부인할 수도 없었기 때문이다.

잡다한 인간들의 삶의 그 풍경들, 그릴 수 없이 난해한 그 풍경들을 설명할 수조차 없었다. 삶이란 있는 그대로 사는 것이 아니라 다듬어 가며 살아야 한다고 하던 것을 결코 오류적 사고방식이라거나 미혹한 의식이라고 몰아 때릴 수는 없었던 것도 그러한 복합적인 이유로 해서였다. 그러면서 이때도 그 의문은 마휘를 놓아주질 않았던 것이다. 해소되지 않았기 때문이었다.

산등성이를 따라 독수리 한 마리가 빙빙 맴돌고 있었다. 이때의 맴은 독수리의 삶이던지 모를 일이었다.

저 독수리가 만약 삶이 무엇이냐는 회의와 마주한다면 어떻게 되던 것일까. 그렇지만 독수리는 그런 회의 따위는 저버리고 날고 있지 않겠는가.

맴을 도는 독수리 날개 짓을 따라 하루 해도 기울고 있었다.

그 하루가 단순하게 가지만 결코 단순할 수는 없었다. 그 하루는 오늘로 가면 영영 다시 오지 않을 테니 말이다. 독수리도 그런 것을 알기나 하던 것일까.

해가 뉘엿해지면서 더위도 한 풀 꺾인 듯했다.

간간이 부는 바람으로 해서 산간의 더위는 잠시나마 물러나던가 보았다.

고담준론은 아니더라도 무공 스님과 소설가 사이의 대화는 이제 식어가는 눈치였다. 아니 식어가지 않더라도 인간의 삶에 대한 정답은 찾아지지 않았다.

마휘는 그 자리를 언제까지 지키고 있을 수는 없었다.

그때쯤 일어날 기회를 보기로 했다.

〈 〉

심불암에서 돌아오는 길은 갈 때보다 멀었다. 마음도 무거웠다.

마휘는 무거운 마음으로 해서 걸음이 비틀거렸다. 이유 모를 무거움은 단순하지도 않았다. 잡다한 이야기를 이어가던 때는 그저 단순하던 것들이 왜 단순하지 않던지 모를 일이기만 했다. 그래서 마음의 그 무거움을 털어버리고자 했으나 쉽사리 뜻대로 되질 않았다.

발길에 걸리는 이때의 덤불길마저 마휘에게는 무거움이나 다름 아니었던 것이다. 계속 걷게 되면서 나중에는 짜증이 나기도 했다.

혼자 더듬으며 걷는 덤불길은 무공 스님과 소설가가 주고받던 대화에 자꾸만 휩쓸리던 것은 또 어쩐 일인지 모를 노릇이었다. 그들의 대화에서 마휘는 처음부터 비켜 앉아 있었건만 이제금 떠나지 않고 마음에 걸리던 것은 정체 모를 무엇이 아닌가 하는 생각이었다.

발걸음을 옮겨놓았지만 덤불 속의 산길은 언제나 익숙하지 않았다.

더듬으며 걷는 덤불길~. 길은 지상에만 있던 것은 아니었다. 마휘의 가슴으로도 길은 나 있었다. 그랬으나 그 길은 찾을 수가 없었다. 마휘로서는 가슴으로 난 그 길을 찾아 지금도 헤매고 있는 중이라 할 수밖에 없었다.

잠들지 않은 밤이면 가슴으로 난 그 길을 찾아 끝도 없이 헤매던 것이 한두 번이 아니었기에 말이다.

길은 보이 않았다. 찾아지지도 않았다. 그랬지만 찾아야 할 것만 같았다. 찾아야 할 것만 같았기에 끝 모르게 헤매었지만 찾을 수가 없었다. 찾을 수 없는 거기에 있는 것~, 그래서 마휘는 더욱 찾으려 했던 것이다.

마휘는 그 길에서 그것을 찾는 때면 실컷 울어버리리라고 했다. 아니, 실컷 울지 않고는 배기지 못할 것 만 같았다.

덤불을 헤치며 혼자 걷고 있는 저 앞에 사람이 나타났다. 마휘는 걸음을 멈추고 눈길을 모으게 되었다. 그러다 찔끔한 것은 거기 사람이 다른 누구가 아니라 필무였던 것으로 그랬다. 필무가 찾아 나섰던가 보았다.
 내심 허겁지겁해서 다가가자 필무가 볼맨 소리를 했다.
 "뭐 하는 거야? 사람이 어딜 가면 간다고 말을 해야 할 것 아냐?"
 마휘는 그제야 자신이 아무 말도 않고 나왔던 것이 잘못 되었다는 생각을 하게 되었다. 그래서 능청을 떨기로 했다.
 "어이쿠. 난 찾을 줄을 몰랐지. 나를 귀찮게 생각하는 줄로만 알고 혼자 잘 지내라고 잠시 비켜주느라 그랬어."
 "무슨 소리냐? 그런 말도 안 되는 소리는 왜 해?"
 필무는 잔뜩 화가 난 투였다. 하긴, 화가 날만도 할지 모를 일이었다.
 "그렇다면 미안해. 내 생각이 잘 못되었던 모양이야."
 "잘 못되었다고 생각은 하냐?"
 "아닌가?"
 투덜대던 끝에 둘은 돌아왔다.
 "그 중, 오늘은 만났던 모양이구나."
 "오늘은 탁발을 나가지 않았더군."
 "그래서 아주 죽이 맞았었구만?"
 "아냐. 소설가라는 사람이 끼어들어서 난 별 말도 못했어."
 "그럼 진즉 왔어야지. 꾸물댈 것은 뭐가 있어."
 마휘는 거기서 거짓말을 둘러대기로 했다.
 "나도 중이 되면 어떨까 하는 의향을 한 번 비쳐보느라 그렇게 되었어."

 그 말에 필무가 단박 반색을 하며 좋아했다. 필무는 한 발 더 나가던 것이었다.

 "응. 그래. 그거 좋겠어. 네가 중이 되면 나는 부처가 돼서 불단佛壇에 올라앉아 있을 테니 말야. 그러면 넌 끼니때마다 공양을 올리고 난 그걸 받아먹기만 하면 되잖아. 이히힛. 그거 좋은 생각인걸."

 "뭐야? 네가 부처 노릇을 해?"
 "왜? 뭐 못할 것 없잖아. 하면 하는 거지."

 비록 장난이지만 마휘는 그저 입이 딱, 벌어지고 말았다. 놀랍게도 필무에게 그런 무엇이 또 있던가 보았다.

〈 〉

 쾌청한 여름 날씨는 더위의 다른 이름이었다.
 한낮이 되면서 더위는 위협적이어서 갱 속으로 피서처를 정하지 않으면 견딜 수가 없었다.
 "이 여름에는 갱구가 그래도 제값을 하는구나."
 어두운 갱 속에서 늘 웅웅거리던 기계 소음이 없고 보니 구시렁거리는 소리까지 울림을 동반하던 것이었다.
 암벽에 기대앉은 마휘를 향해 필무가 말했다.
 "그 심불암이라는 절터는 더위가 어땠어?"

"거긴 암벽이 없고 주위가 덤불이라 더위가 덜하던 것이라고 할까."

"우리 그러면 심불암 근처 거기 어디에 흙이며 돌로 쌓아서 움막 같은 토담집 하나 지으면 어떨까?"

"생각은 괜찮은 것이지만 우리가 여기를 떠날 수는 없잖아."

"또 그 소리야?"

"그럼, 지금까지 병지를 기다렸으면 끝까지 기다려야 할 것 아냐."

"아휴. 그렇지만 죽었는지 살았는지 병지가 안 오니 그렇잖아."

"그렇지만 기다려야 해."

"왜?"

"우린 사람이니까."

"사람…? 사람, 정말 힘들게 하는구나."

"어쩔 수 없잖아. 사람으로 태어난 걸 어떻게 해. 바꿀 수는 없잖아."

"사람 행세하려다 사람 다 죽는 것 아니겠냐."

"그것도 우리에게 주어진 운명일 거야."

"운명을 사랑 하냐?"

"아무르파티!"

"그럼?"

"사람은 어쩔 수 없이 운명에 붙들린 신세거든. 운명이 좋아주질 않으니 말야."

"운명이라……, 병지, 이 녀석이 운명을 알기나 할까?"

"우린 사람으로서 운명과 더불어 살고 있는 거라고 할까. 운명은 타고 난 것이라고 했어. 그렇더라도 우리는 사람으로서 사람을 믿어 보자고~. 믿으면 반드시 이루어진다는 것~. 그것이 운명을 극복하는 것이라고 했거든."

"그럴까……? 그렇다면 나도 사람이 한 번 되어 보겠어."

〈 〉

마휘는 요 며칠 사이 수도 없이 되뇌었지만 머릿속에서 맴돌며 떠나지 않는 것이 있었다. 누구에게도 말을 하지 않았던 것은 누구를 상대로 말을 할 문제가 아니기도 했기 때문이었다.

'~왜 살아야 하는가. 이 세상에는 왜 왔던가.'

뒤죽박죽이던 그 같은 생각은 참으로 쓰잘데 없으면서 사람을 괴롭히기만 하던 것이었는데 거기에 괴롭힘을 당하는 마휘 자신이 뭔가를 자초하지 않았나 하는 생각마저 해 보았지만 그건 아무런 결과도 도출되지 않았다. 이제 그따위 생각쯤에는 지칠 만도했는데 그랬지만 따라붙는 걸 어떻게 할 도리가 없었다.

거기에 불을 지른 것은 심불암에서의 일이었다. 심불암을 다녀온 후로 줄곧 맹렬하던 것이었다. 그랬지만 마휘로서는 어떻게 할 수가 없었던 것이다. 참으로 시답잖은 것이 그랬다.

'~나는 이 세상에 왜 왔던 것일까.'

시쳇말로 개똥철학 같은 소리이기도 했다. 그랬지만 털어버릴 수는 없었다. 그따위 생각이 왜 떠나지 않는지도 모를 일이었다. 그 같은 생각은 새로울 것도 없는데 자꾸만 되감기고 들었다.

처음은 무공 스님과 젊은 소설가가 하던 말이 짐짓 잘못되어 자신한테로 전이된 것이라고 치부했으나 시간이 지나면서 그게 아니라는 걸 알게 되었다.

마휘는 지금까지 자신의 내부에 잠재해 있던 것이 그들의 대화로 해서 살아났던 것이란 것도 알게 되었던 것이다. 그러니까, 언제부터 자신의 내부에서 잠재해 있었지만 정작 마휘로서는 알지 못하다가 뒤늦게야 알게 되었다고 하는 것이 솔직할 것이었다. 다만 말하지 않았기에 있어왔던 것을 알지 못한 채 지금까지 그냥 지나쳐 왔던 것에 지나지 않았던 것이다.

어쩌면 그것을 대수롭지 않게 생각하고 무시했던 것이 원인인지 모른다. 그렇듯 자신의 내부에 있었지만 자신도 알지 못했던 것~. 자신에게 들여 주고 싶은 말이며 고백이 쟁여 있었건만 그동안 그걸 알지 못했던 관계로 꺼내보지 않았던 것뿐이었다. 그건 변명이라 하더라도 어쩔 수 없었다.

마휘는 정돈되지 않았던 자신의 삶에 대한 책임은 자신의 것이라는 생각을 피하고 싶지는 않았다. 거기에는 들추고 싶지 않은 상처며 되돌릴 수 없는 과오도 없지 않았기에 말이다.

그랬는데 그 같은 생각이 이제야 계절을 맞은 새 삶처럼 마휘의 내부에서 새롭게 살아났던 것은 순전 무공 스님이며 소설가가 하던 대화로 해서였던 것이다.

하여간 낯선 것도 같은 그 생각은 며칠이 지나도 여전히 머릿속을 떠나지 않았지만 차마 꺼내서 말을 할 수도 없었다. 말을 한댔자 지금의 마휘로서는 어디에 토로할 곳이라거나 상대가 있지 않던 것으로 말이다.

'어떻게 되어서 그러던 것일까. 거기에 무슨 숨은 비밀이 있던 것은 아닐까. 적어도 인간적인 어떤 비밀~. 단순히 인간이란 그냥 나고 살다 죽는다는 것으로 끝이라 할 수 없는 그 비밀~.'

무공 스님이며 젊은 소설가도 아마 그걸 몰라 그러던 것이라는 생각을 하게 된 것은 마휘가 심불암을 다녀와서 며칠이 지난 뒤였던 것이다.

인간이 그냥 인간일 수 없지 않겠는가 하는 생각~, 인간으로서 존재 이유며 역할이며 무엇에 대한 뜻한 바도 있지 않겠는가 하는~. 다만 그걸 모르고 있을 뿐이라는 생각만으로 문제를 끝낼 수 있던 것은 아니었다.

그런 걸 모르면서 산다는 것은 또 무슨 짓이겠는가. 그야말로 눈 먼 장님 원앙소리 따라 나선 것이라 하지 않을 수 없는 노릇이라 할까. 아니 그걸 모른다는 것은 한 평생을 그냥 어영부영하다 끝난 것이라 해도 과언이 아니지 않겠는가 말이다. 그럴 수는 없다고 생각했다. 무언가 주어진 것이 있다면 뜻과 의지를 다해야 하지 않겠는가. 다하지 않을 때면 인간이 아니기 때문이었다.

이 세상을 그냥 단순히 왔다고 할 수는 없었다. 그러다 다짐한 것이라면 인간을 인간으로서 살아야 하리라고 말이다. 마휘는 한때 자신도 원앙소리에 맡겨진 길을 가노라며 세상을 살아간다고 생각하지 않았던 것은 아니었다.

마휘는 이 세상으로 온 인간으로서 자신을 세워놓고 생각하게 되었다.

〈 〉

"히야, 병지 아냐?"

그렇게 소리를 지른 것은 필무였고 그 소리에 놀라 뛰어 나온 것은 마휘였다.

정말 병지였다.

"병지가 왔구나!"

병지가 왔다.

"아, 드디어 왔구나!"

화들짝 해서 어쩔 줄을 몰라 하는데 병지가 마당에 들어서고 있었다. 첫 눈에 병지는 무거움에 짓눌린 기색이 완연했다.

"고생했어!"

병지는 등에 진 무거운 짐으로 비틀거리는 모습이었다. 짐을 얼른 내리질 못했다.

필무가 달려들어 병지의 등에서 짐을 벗겼다.

더위로 해서 땀에 흠뻑 젖었기도 했지만 병지는 무거운 짐을 지고 산길을 오느라 기진맥진한 모습이라 얼른 샘물을 떠 와서 병지에게 내밀자 벌컥벌컥 들이키던 것이었다.

병지가 지고 온 것은 쌀이었다. 쌀은 오십 킬로는 될 성 싶었다. 오십 킬로면 한 가마니가 될 만하지 않겠는가.

"우와! 이걸 지고 오다니. 정말 고생했어."

그랬는데 병지가 가져 온 것은 무거운 짐만이 아니었다. 세상을 어깨동무해 거기까지 끌어 왔던 것이다.

한동안 말을 못하고 숨을 헐떡거리던 병지가 숨을 돌린 다음에야 하는 말이었다.

"그동안 뭘 먹고 지냈냐? 난 어디로 가버렸으면 어쩌나하고 얼마나 걱정했는지 몰라."

"가긴. 우린 너만 기다렸잖아. 네가 꼭 올 거라고 생각했거든."

"며칠 째 굶어 허얼 게 진 눈으로 너만 오는지 바라보고 섰던 걸 생각하면 눈물 나게 한심한 노릇이었지. 넌 그런 생각은 못했을 거야."

그때를 생각하며 필무가 하는 말이었다.

"미안해. 일찍 오질 못해서."

"미안할 건 없어. 그런데 왜 늦었냐?"

"내 능력이 부족했기 때문이야."

"무슨 소리냐. 예전의 그 산업전사가 능력 부족이라니."

"산업전사? 빛 좋은 개살구 같은 소리지."

"왜 그런 소리냐?"

"그래. 굶지는 않았냐?"

"굶긴. 널 기다리느라 떠나지 못한 것뿐이지."

필무가 바쁘게 그런 말을 했다.

그 말에 찔끔해 하며 놀라던 것이 병지였다.

"내가 나가 보니 우리가 광부로 일할 때와는 세상이 완전 다르더라니까. 이번에 그걸 알게 되었어."

숨을 돌린 병지가 나중에야 하는 말이었다.

"뭐가 다르단 말야?"

"내가 쌀을 사기 위해 어디든 잠시 아르바이트라도 하려고 여기저기 알아보았는데 모두가 거절이야. 그런데 알고 보니 안 된다는 이유가 탄광에서 광부로 일했다는 것 때문이더라니까."

"왜? 광부가 어때서? 말했잖아. 광부를 했다면 산업전사로 최일선 막장에서 목숨 걸고 일한 공로를 모른단 말이냐? 땀과 눈물을 흘리며 일한 공로가 있는데~."

"산업전사? 그건 정말 빛 좋은 개살구일 뿐이야. 그걸 알아주면 얼마나 좋아."

"모른단 말야?"

"쳇. 알랑강 몰라. 되레 슬슬 피하는 게 세상인심이더라니까."
"무슨 그런 인심이 있어. 어느 놈의 세상이야? 그게~."
"모르는 정도가 아냐. 탄광에서 광부 노릇을 했다는 건 인간으로서의 하자품瑕疵品 취급이야. 한마디로 못 쓴다는 것 아니겠냐."
"왜? 무엇 때문에~."
"뭐라고 할까. 탄광에서 광부를 했다니까 갑자기 사람을 달리 보는 거야. 그러니까, 모두 범죄자취급을 하더라니까, 그래서 슬슬 피하며 안 된다는 것 아니겠냐. 모두가 전과자 범죄자로 취급해서 피하는 그 눈치들~. 그러니 광부로 일했다는 건 범죄자로 이 사회에서 발붙이지를 못해 탄광으로 숨어들었던 자들로, 좋게 말하는 때면 이 사회와는 부적응 자로 취급할 뿐 아니라 모조리 범죄자 취급을 하더라니까."

듣고 보니 그저 입이 딱, 벌어질 노릇이었다. 세상이 그럴 줄은 몰랐던 것이다. 아니 듣는 것만으로 속이 부글거려서 견딜 수가 없었다. 그랬지만 누구를 상대로 어떻게 할 수도 없는 노릇이었다.

세상은 거대했다. 그리고 그들과는 관계없는 대상이었다. 세상은 그저 저만치 멀어져 있는 대상일 뿐이었다.

그렇지만 그 광부라면 범죄자 취급을 하는 세상의 눈이 틀렸다고 할 수는 없었다. 사실 따지고 보는 때면 고의든 아니든 간에 마휘와 필무는 과실치사 전과자라는 기록이 있었기에 말이다. 그렇지만 병지는 그렇지 않았다. 세상인심이란 옴니암니로 다 가리는 것이 아니라 부화뇌동해서 우루루, 몰리던 것이라 너는 그렇지만 나는 아니다가 통하던 것도 아니었다.

"아니, 어떤 인간이냐?"

필무가 격분을 참지 못해 쏟아내었다. 당장 한 대 먹일 듯한 태세였다.

"누가 세상을 그따위로 만들었어?"

그러자 병지가 하는 말이었다.

"세상만 그냥 나무랄 수도 없을 것 같애. 그런 세상에도 일 리가 없는 건 아냐. 그동안 우리는 두더지처럼 갱 속만 파느라 세상이 어떻게 돌아가는지를 알지 못했잖아. 세상은 하루가 다르게 변한다는 걸 너무 몰랐던 거지. 우리가 생각하던 예전의 세상이 아냐. 그러니 세상 따라서 사람들까지 딴판이야. 그래서 되돌아보니 내 능력이 보잘 것 없다는 것도 알게 되었다니까."

마휘는 병지의 말에 동의하게 되었다.

"그래. 흥분하지 말어. 세상은 우리가 생각하는 것과는 다르다니까. 우리를 보는 그 눈~. 이번에야 알았는데 우린 그걸 몰랐다는 것뿐이야."

그렇게 말해서 마휘는 필무를 주저앉히게 되었다. 그러나 그렇게 변했다는 세상에 대해 마휘도 동의하고 싶지 않았다. 현실은 그게 아니지 않겠는가. 그 현실을 받아들이지 않으면 안 된다는 것도 모르지 않았다. 그들의 힘으로 세상을 어떻게 할 수는 없었다. 그걸 모르지 않았다. 설령 그들에게 그런 어떤 힘이 있다고 한들 무엇을 어떻게 해야 하든지는 알지 못하던 것이었다.

있는 자와 없는 자, 배운 자와 못 배운 자, 잘난 자와 못난 자의 그 차별이 보이지 않을 뿐이지 없던 것은 아니었다. 그 차별은 무서웠다. 그것이 세상의 계급이고 룰이란 것을 알게 되었던 것이다. 차별 없이 살아갈 수 있는 세상이 아니었다. 차별이 없다는 것은 말뿐이었다. 차별이 없는 세상~, 그렇다 하더라도 그게 가능하기나 할까 하는 생각을 다시금 하게 하던 것이었다. 괴로움이 없고 굶주리지 않고 병들지 않으며 차별 없는 세상~. 그건 꿈이고 환상일 뿐이었다.

세상의 차별은 완고한 벽이었다.

백보를 양보해서 빛이 있으면 그림자가 있는 법이라 하더라도 차별을 무시하거나 무너뜨리거나 넘어 설 수는 없었다.

어쩌면, 그렇다. 어쩌면 세상은 공평한테 인간이 불공평하던 것은 아닐까. 이기심과 탐욕으로 무장한 인간은 도처에서 아귀다툼으로 날뛰는 곳이 세상이지 않겠는가.

"탄광에서 일했다는 게 하자가 되다니. 무슨 그런 놈의 세상이 있냐?"

"가치를 모르고 진정한 것을 모르다니 어찌된 노릇일까."

"다들 물신주의에만 눈이 어두워 그런 것 같애."

말은 그렇게 했지만 그건 어디까지나 자탄에 지나지 않았던 것이다. 지금까지 믿고 살아 온 세상이 자신들이 모르는 사이 그렇게 변했다니. 그들이 몰랐을 뿐 세상은 이미 감옥이나 다름이 없지 않겠는가.

화를 참지 못해 숨을 씨근거리며 마당을 빙빙 돌고 있던 필무가 고함을 질렀다.

"세상이 이따위로 굴러가도록 그냥 둘 수는 없잖아?"

"우리끼리 흥분 안 했으면 좋겠어. 제발!"

마휘가 필무를 향해 그렇게 말했다.

"아냐. 이건 그대로 둘 문제가 아냐. 무슨 요장을 내야해. 어떻게 되려고 이 모양이냐 말야?"

"그렇다고 하루아침에 어떻게 할 수는 없잖아."

"나는 무적의 영웅도 아니고 용감한 전사도 아니지만 뱔이 틀려서 어디 두고 볼 수가 있냐. 내 억울함은 그 다음이야."

"그럼. 돈키호테라도 되겠다는 거냐?"

이때의 마휘나 필무의 망실감은 배신감에 다를 수가 없었지만 다만 표현하는 방법이 서로 다르던 것이었다.

필무를 향해 병지가 하는 말이었다.

"그러니 우리는 여기서 나가면 안 돼."

마휘는 가슴이 무너지는 것 같았다. 새삼, 세상이 커다란 벽으로 막아서는 것 같기도 하던 것이었다.

"상처 많은 인간은 상처가 있는 대로 이 세상에 이바지했다는 걸 인정해야지, 세상은 그걸 인정하지 않겠다는 것 아니겠냐? 그건 무슨 놈의 인심인가. 너무 몰인정하고 잔인한 것 아냐?"

기어코 마휘의 입에서 나온 항변이었다.

"세상에는 꼭 잘난 인간들만 살라는 법도 없잖아."

그들의 불만이나 불평은 이때도 중구난방 그런 식이었다.

"아무튼 우리에게 여기는 낙원이야. 우리가 비록 이렇게 생활하지만 여기서 나가는 건 안 돼. 나가는 때면 세상은 우리를 올바른 인간으로 대접하지 않고 사갈시蛇蠍視할 뿐더러 범죄자 취급 이상은 안 할 테니 말야. 그래서 발붙일 곳이 없어."

그 소리는 병지의 울부짖음이나 다름이 없었다. 간곡하도록 절절한 호소였다. 보다 피맺힌 항변이었다.

"그렇다면 세상은 감옥이고 우리는 거기에 갇힌 죄수 밖에 아니라는 것 아니겠냐?"

필무의 비명이었다.

그렇다. 세상이 감옥이라면 절망하지 않을 수 없었다. 인간의 삶이란 눈 먼 강아지 워낭소리 듣고 따라가는 형국이라 했지만 거기에 세상마저 감옥이라면 인간은 어떻게 살아간단 것인가.

"그래. 감옥이야. 감옥을…, 인제 우리가 할 수 있는 일이라면 이 감옥을 우리 손으로 낙원으로 만드는 거야. 안 되겠냐? 다들 생각이 어때?"

병지의 제의는 좀 생뚱하기도 했지만 뜬금없기도 했다.

그래서 아무도 대답하지 못했다. 그들은 아무래도 세상으로부터 배신당한 아웃사이더이던지 모를 노릇이기만 했다.

| 제2장 |

삶이라는 계단

어느 날 문득
바람의 몽상
세상과 어깨동무한 사내
그림자의 절규

어느 날 문득

#〈 〉

 해가 넘어가면서 한낮께의 여름 더위도 한 풀 꺾인 후였다. 간간이 바람까지 불어오면서 서늘한 기운이 몰려왔다.
 마휘가 앉았고 병지가 마주보고 앉은 옆에 뒤늦게 나온 필무가 풀썩 주저앉으며 하는 소리였다.
 이때의 그들로서는 좋은 말로 망중한을 즐기는 듯했지만 그렇지는 못했다. 다만 서로간의 이야기가 오고가던 것이 전부였다.
 누가 그들을 두고 늘 한 몸처럼 뒹구는 주제에 할 얘기는 무슨 할 얘기 하겠지만 그건 모르는 소리였다.
 사람이란 그렇지 않았다. 자주 만나거나 늘 만나는 사이 일수록 할 말이 많은 법이었다. 알게 모르게 화제의 공통분모가 형성되어 있던 것으로 말이다.

"왜 이리 덥냐?"

"덥냐? 안 더우면 여름이 아니기 때문이지."

마휘의 핀잔이었다.

"제길 헐. 그럼 여름 값 하겠다는 것 아냐?"

"그렇지. 더워야 제대로 여름이지."

"인간도 제 값 못하는 세상에 무슨 별놈의 여름이 제 값을 하겠다는 건가."

"제 값 못하는 인간도 있지만 제 값 제대로 하는 인간도 있는 거야."

"언놈이야. 그런 놈? 한번 만나봤으면 좋겠어."

"난들 알겠냐? 모르지. 누군지는~."

"그럼 모르는 소리는 왜 해?"

"그럼, 아는 소리만 할까?"

"그래. 해 봐. 아는 소리면~."

"꽃이 왜 봄에 피는지 아냐?"

"몰라."

"꽃이 피지 않으면 봄이 아니기 때문이지. 제 값 못하는 인간한테도 봄이라는 걸 알리기 위해서 꽃이 피는 거라고."

"그게 안다는 소리냐?"

"그래. 난 그 정도는 알지."

"제대로 아는 게 겨우 그 정도구나."

두 사람이 설왕설래 하는 것을 지켜보고 있던 병지가 입을 열었다. 의외에 말을 하던 것이었다.

"봄이니까 꽃이 핀다는 것~, 우린 그걸 알고 있지. 그렇지만 우리가 모르는 것도 있잖아. 우리들 인간이 모르는 것~, 그러니까, 봄은 해마다 오는데 세월은 왜 가기만 하는가. 그리고 한 번 간 세월은 왜 되돌아오지 않는가."

"히야. 언제 그런 생각을 했냐?"

필무가 감탄하는 눈치였다.

"그런데 우리들 삶은 어떤가. 한 번 간 그 세월이 돌아오지 않는 한 숨 가쁘고 고통스럽지만 오늘은 딱 오늘 뿐이라는 것 아니겠냐."

"병지 너, 생각 좀 하는구나. 언제 그런 생각을 하게 되었냐?"

새롭다는 듯한 필무의 감탄은 차라리 놀라움 그 자체였다.

그때까지 마휘는 웃고만 있었다.

"내가 갱 속에서 검은 암석을 파기로 했던 것도 그런 무엇이 아니었겠냐."

"그러냐?"

"우리는 힘들다 고달프다 하면서 무엇 때문에 살며 삶의 목적이 무엇인지 알지 못한 채 살아가는 것은 아닐까 하는 생각이야. 무엇 때문에 밥을 먹으며 왜 땀 흘리며 일하는지 말할 수 있겠나?"

병지가 그런 말을 하리라고는 전혀 생각하지 못했던 것이다. 말하자면 지금까지 알지 못하던 병지의 또 다른 인간적인 면이기도 하던 것이었다. 병지가 그런 자신을 숨기지는 않았더라도 드러내지 않은 채 어떻게 지냈던지 모를 일이었다.

마휘나 필무는 그런 병지의 면모에 놀라움을 감추질 못했다. 그래서 대답을 못하던 것은 말할 것도 없고 그저 멍하니 병지를 바라보며 듣고만 있던 것이 그때였다.

"갱 속에서 채탄이나 하는 줄로 알았던 광부 정도가 할 소리는 아니잖아?"

마휘가 장난삼아 하던 말이었다.

그랬으나 조금도 다른 빛을 드러내지 않은 병지는 그저 실푸거니 웃기만 하던 것이었다.

"아냐. 나는 광부 이전에 인간이었거든."

"인간이라……, 인간으로 살기 참 힘든 곳이 세상이지 않겠냐? 삶이란 인간의 내용이며 형식이 아닐까. 삶을 살지 않는 인간은 존재할 수 없으니 말야. 그리고 내가 왜 사는지를 나도 모른다는 것은 당연하지 않겠냐. 그걸 안다면 인간이 아닐 거야. 모르기 때문에 우리는 오늘도 살아 있으며 내일의 태양을 기다리는 것 아니겠어? ……웃음도 눈물도 떨쳐 버릴 수 없는 삶이지만 그 하루하루를 정직하게 살아가는 것으로 지혜라고 생각해도 좋을 거라고 생각해. 거기서 우리들 모두 삶의 충만감을 찾아야 할 거야."

그렇게 말을 마친 것은 마휘였다.
병지가 고개를 끄떡이던 끝에 하는 말이었다.
"그래. 이 희망 없고 고통에 찬 삶에 우리가 충만함을 느끼고 가치를 발견하겠다는 것이지만 그게 사치는 아닐 테니 말야."
"자신의 삶이 아무 것도 아니라는 것을 알았을 때 우리가 감당해야 하는 것은 끝 모를 허무감이 아니겠냐. 인간의 삶은 그런 허무감 위에 세워지는 사상누각이라고 할까. 안 그렇냐?"
"글쎄. 동의할 수 있을까. 우리들 각 자의 삶은 우주의 본질적인 문제라는 인식에서 출발한다는 것이 내 생각이야. 인생의 물음표 앞에 세워진 내 자신이 때로는 낯설기도 하지만 말야."
"너무 거창한 것 아냐? 고통도 있지만 가끔은 벅찬 감동을 안겨 주기도 하는 것이 우리들 삶이 거든."
"이 세상에서 우리들 인간 문제 보다 거창한 것은 없으리라고 생각해."
"대단한 생각이구나."
"나는 갱 속에서 탄가루를 뒤집어쓰고 땀 흘리며 일을 하다 가끔 생각하던 게 그거였어. 나는 왜 이런 일을 해야 하는가, 인간이 살아있다는 것은 무슨 뜻인가, 그러다 나는 누구인가, 나는 무엇인가 하는 생각 등으로 말이지."
"그것으로 끝나야 하는 것 같은 걸. 안 그래?"
"내 삶은 적어도 우주를 대표할만한 것이라고~, 시쳇말로 개똥

철학에 다름 아니겠지만 내가 없는 세상은 존재하지 않는다고 생각하니 말야. 삶을 영위하지 않는 인간은 고려할 것이 못 된다는 것 아니겠냐. 이 우주며 세상은 나로부터 시작한다! 그래서 한 인간으로서 내가 이 우주의 중심이다, 뭐 그런 결론 말야. 어떠냐? 너무 거창한가?"

"아냐. 본래 인간은 거창한 것이지만 우리가 그걸 찾아 챙기질 않음으로 대수롭게 취급되었던 것이 폐단었지. 우리들 삶은 본래 그렇게 중요한 것이었지만 말야~."

〈 〉

한낮이 되었을 때 기적 같은 일이 일어났던 것이 그날이었다.

그러니까, 젊은 두 사람이 차를 몰라서 마당으로 느닷없이 들이닥친 사태가 그것이었다.

마휘며 필무 그리고 병지까지 영문을 모르는 일이라 우루루, 나서서 그들을 맞게 되었다.

"아이쿠. 수고 많으십니다."

차에서 훌쩍 내린 젊은이 하나가 이쪽을 향해 그렇게 말했다.

다들 눈이 휘둥그레서 지켜보던 끝에 마휘가 나서서 그들을 향해 말했다.

"어디서 오셨소?"

"우리는 본사에서 나왔습니다."

"본사라뇨?"

"그렇습니다. 여기 현장이 어떻게 보존되어 있는지 점검 차 나왔다고 하겠습니다."

"그래요?"

"모르는가요? 계림광산桂林鑛山에서 부도가 나고 이번에 우리 사회에서 인수를 하게 되었지요."

"아, 그런가요? 우리는 모르는 일인데……, 그러면 우리는 어떡합니까? 아직 받지 못한 체불임금 때문에 지금까지 이러고 있는데?"

"그건 조금도 걱정할 것 없습니다. 새로 인수한 업체, 그러니까 우리 회사에서 책임지고 해결할 것입니다. 아직 마지막 마무리가 된 것은 아니지만 일단 한 번 둘러보고 아마 근간에 곧 결말이 날 것입니다. 그리고 어려운 여건에도 불구하고 지금까지 현장을 잘 지키며 관리해주어서 고생이 많았다는 점과 여러 가지를 회사를 대신해서 감사하다는 말씀드리겠습니다."

그건 바라지도 않던 인사였다.

젊은이의 말을 들으면서도 세 사람은 뭐가 긴가민가 하는 어정쩡한 기분은 어쩔 수가 없었다.

"지금 어려운 점은 무엇인가요?"

"뭐 임금을 못 받은 것도 그렇지만 어려운 게 한두 가지겠습니까만 무엇보다 식량문제가 가장 절실하지요."

"아, 그렇군요. 식량문제라면 회사에 보고하고 어려움이 없도록 적절히 조달하도록 하겠습니다. 그동안 현장을 잘 지키며 보존해 주신데 대한 보답도 여기 계신 분들한테는 따로 있을 것입니다. 뿐더러 곧 회사가 정상화 되고 작업이 가동되는 때면 그동안 노고는 물론 경험이며 현장 파악에 가장 밝으신 분들이라 현장의 책임까지 맡으시도록 할 것입니다. 그렇게 알고 한층 관심 있게 임해 주시기 바랍니다."

일장 훈시를 한 다음 현장을 답사한다며 여기저기를 주마간산走馬看山식으로 두루 살펴보았다.

"여긴 함바라고 하는 식당이었군요?"

"그렇지요."

"그럼, 숙식을 하는 기숙사는 어딥니까?"

"기숙사라고는 없었지요"

"그래요? 그러면 어떻게 이 산 속까지 오가며 작업을 했다는 겁니까?"

"그, 그래서 어려움이 많았지요."

"호오……, 그렇다면 앞으로는 우선 기숙사부터 준비해야 되겠군요."

"기숙사를요?"

"그렇지요. 공간만 있으면 기숙사야 뭐 간단하게 해결되는 문제 아니겠습니까. 그런 건 별문제 아닙니다."

그렇게 어수선하게 들쑤셔서 수선을 떨어놓고 그들은 바람처럼 돌아갔다.

"뭐야. 무슨 도깨비야?"

필무가 돌아가는 그들의 등 뒤에 대고 지르던 소리였다.

"도깨비면 낮도깨비인가? 그러면 우리는 뭐가 되냐?"

병지가 구시렁거렸다.

"홀린 꼴이지. 도깨비한테 사람은 언제나 그렇게 당하는 꼴이잖아."

"사람 노릇하기 힘들군."

그랬지만 마휘는 말 한마디도 않은 채 멍하니 앉아 있었다. 나중에야 그런 마휘를 향해 필무가 하는 말이었다.

"뭐하냐? 도 딲냐?"

필무의 말은 바람으로 지나가고 말았다.

"회사가 바뀌고 체불임금이 지급되고 멈추었던 작업이 가동되는 건 우리에게 새로운 세상이 열린다는 것 아니겠냐?"

그 말은 병지가 했다.

마휘가 껄껄껄, 웃었다. 과히 기분 나쁜 기색은 아니었다.

"그렇다면 삶이란 눈물과 웃음이 수시로 교차하는 것이라고 하더니만 고진감래苦盡甘來라 모두 우리들이 고생 한 끝에 찾아 온 것이 아니겠냐. 눈물 속에 피는 꽃도 우리들 삶이며 웃음 속에 피는 꽃도 우리들 삶일 테니 말야."

"그래. 맞아. 그건 우리가 모두가 삶이라는 것에 잘 순치돼서 참고 견뎠기 때문에 찾아오는 결실이라고 할 테지."
"삶이란 그렇게 오묘한 것인가 보구나. ~삶이란 무엇인가 하는 의문 앞에 머뭇거리고만 있는 내 자신을 돌려세워야 하지만 그럴 수 없는 의문이라 그 또한 앞을 가로막았거든. 그게 인생인가?"
"삶을 생각하다 결국 인간이란 어떤 존재인가 하는 것에 다다르지만 이것이다 하는 결론은 누구도 낼 수 없는 것 아니겠어?"
"그럴까. 그렇다면 삶은 오묘한데 반해 인간은 묘하다는 말~. 그렇지만 그건 아니라고 생각해. 인간에게는 운명이라는 것이 있고 그 운명의 주사위가 던져 진대로 살아간다고도 했으니. 그런데 그 운명이며 주사위는 누가 조종하며 던지던지 모르겠어. 그것이 문제야. 그게 누구일까?"
그때 마휘와 병지 두 사람은 죽이 맞았다. 그래서 누가 누구 말인지 모를 만큼 의기투합하던 것이었다.
"글쎄. 인간은 죽고…, 나고…, 그렇다고 자신이 원해서 이 세상에 태어난 것도 아니지만 죽는 것까지 본인의 의지와는 상관없다는 것은 생사여탈의 주도권을 빼앗긴 꼴이지 않겠는가. 그렇다면 인간은 무엇이냐 말야? 허수아비 꼴일 수밖에 없잖아? 그렇게 세월만 죽이다 끝나서 어떻게 살았다고 하겠냐?"
"세상은 마치 경주마가 내닫는 것 같은데 뭐 하나 알려주는 것이라곤 없이 세상으로 나가라고만 해서 내쫓아놓고 죽으라고 땀 흘리고 허덕이던 끝에 제대로 한 번 살아보려 할 때면 덜컥 죽음으로 끌어간다는 것은 허망한 일이지 않겠는가. 이건 어디에도 없는 경우가 아닐까. 그렇다고 항의할 곳이 있는 것도 아니고~."

"맞아. 그 억울함을 누구한테 항의한단 말인가?"

"최소한 나는 아직 죽을 수 없소! 하는 항변 정도는 할 수 있어야 하지 않겠느냐 말야. 그것도 할 수 없다니 세상은 처음부터 불공평한 것이었어."

"누가 그렇게 했을까? 창조주…? 조물주…? 삼신할멈? 아니면 어머니, 아버지…? 누구겠냐?"

"생각해 봐. 어머니 아버지도 우리와 같이 고생하고 살다간 분들이셔."

사람이 세상으로 온 이유라면 오로지 살기 위함이 아니었는가. 그래서 사람이 할 중대과업이라면 살아가는 것이었다. 살지 않고는 사람이라 말할 수 없었다.

"하여튼, 세상은 연극 무대이고 우리들 모두 일인극—人劇의 주연 배우야. 연극이 끝나고 막이 내렸을 때 모두 자신의 역할에 충실했노라고 할 수 있느냐는 거야. 우리는 모두 그렇게 만족할 수 없는 삶으로 인생을 살고 있는 거라고 할 수밖에 없어. 만족하지 못하면서 살아야 하는 그것이 우리들의 삶이고 자화상인 셈이지."

"아~! 인간, 찬란한 그 이름!"

"오, 불쌍한 그 이름, 인간인가 하노라!"

바람의 몽상

#〈 〉

"우리야 하자품 인생이라 어쩔 수 없지만 병지 넌 아니잖아. 그러니 모진 놈 옆에 있다 벼락 맞는 꼴 보지 말고 넌 하루 빨리 여기서 떠나는 게 어떻냐?"

그건 폭탄선언이나 다름이 없었다. 필무가 하는 말이 그랬다. 무슨 생각이던지 이때 필무는 제법 단호한 어조이기 까지 하던 것이었다. 그 같은 필무의 말에 마휘 생각도 다르지 않았다.

"그래. 그게 좋겠어. 우리야 기왕 여기에 묶인 인생이지만 병지 넌 사정이 다르잖아. 멀쩡하게 우리와 함께 고생할 것 없어. 그러니 너만이라도 여기서 떠나는 게 좋겠어."

"차별과 무시가 만연된 세상에서 네까지 무시당할 수는 없잖아.

같은 인간으로서 정말 견딜 수 없는 일이지. 분노와 아픔을 언제까지 당할 수는 없을 테니 말야. 아무 생각 말고 떠나라고~."

두 사람의 그 같은 말에 병지는 멍해져서 한 동안 먼 하늘만 바라보고 있었다. 그러다 한참 만에 병지가 입을 열었다. 지금까지 꽁꽁 얼어붙었던 동토가 비로소 풀리듯 하던 말이었다.

"나도 마찬가지야. 말을 안 했을 뿐이지. 나라고 아무 하자가 없는 건 아냐. 그래서 하는 말이라면 나 역시 마찬가지야. 어쩔 수 없는 운명이라고 생각해."

"뭐야. 네 까지 꼭 그럴 것 뭐 있냐? 너 알다시피 우리하고 같이 있으면 아무 희망도 없이 고생만 한다니까."

"그건 모르는 소리야. 나는… 떠날 수 없어."

"왜?"

"알고 보면 나는 그런 인간이 아냐. 그런 인간이 아니라니까."

거듭해서 하는 병지의 말에 이번에는 마휘와 필무 두 사람이 멍해지고 말았다.

"무, 무슨 소린지 모르겠구나."

한참 만에 필무가 힐난하듯 되묻게 되었다.

그러자 병지의 인생 간증이기도 하던 말이 한숨에 뒤섞여서 토로되던 것이었다.

"…나는 처음 등록금 때문에 아르바이트로 시작했어. 그래서 일 년을 공부하려면 일 년은 아르바이트를 해야 했어. 그러다 대학이 학년 때 더는 어떻게 할 수가 없어 휴학계를 내고 탄광으로 찾아와 아르바이트를 하게 되었던 거야."

아르바이트가 탄광에서 일 년짜리 취업으로 결정되면서 병지의 광부생활은 그렇게 시작되었던 것이다.

놀라운 눈으로 마휘와 필무는 병지의 또 다른 면모를 지켜보지 않을 수 없었다.

신출내기 병지가 배치된 곳은 채탄부 보조였다. 그러면서 채탄부의 현장 막장으로 투입 되었던 것이 처음이었다. 시키는 대로 할 수밖에 없는 초년생 광부생활이었다. 그러므로 병지는 자신이 왜 광부가 되어야 하든지는 생각하지 않았다. 자신을 구조할 능력이 그에게는 있지 않기도 했기 때문이다. 그래서 현실에 따라 주어진 대로 맡겨놓고 살아갈 수밖에 없다는 것에 저항하기보다 그저 세상의 순리에 따르게 되었던 것이다. 거기에 저항하는 때면 반항아였고 이단아였다.

세상은 간단하지 않았고 현실은 잔인했다. 그런 현실을 견뎌야 했다.

채탄 현장까지는 갱 속으로 지하 이백여 미터를 들어가야 했다. 검은 탄가루를 뒤집어 쓴 채 땀에 쩔은 몸으로 작업하는 막장이란 인간 개조의 산실이나 다름이 없었다. 이 지상에 지옥이 있다면 막장 거기라고 생각하게 되었다. 그러면서 인간이 살아간다는 것이 신기했다.

병지를 그런 막장으로 내 몬 것은 배우겠다는 향학열向學熱이었다. 알고 보면 그 향학열이 문제였던 것이다. 아무리 좋게 말을 해도 그 향학열은 여러 가지 얼굴을 가지고 있다고 해도 틀린 말일 수 없었다. 이때의 병지에게 그 향학열은 그냥 단순하지 않던 것이었다. 온갖 말로 사람의 마음을 들끓게 하던 그 향학열이야말로 비극을 잉태한 그런 무엇이 아닐 수 없었다.

그랬다. 병지의 경우, 향학열만 아니었으면 그 같은 막장으로 내몰리지는 않았을 테니 말이다.

갱 속은 어둠을 헤치고 걸음을 옮겨 놓는 것부터 익숙할 수 없었다. 안전모 챙에 매달린 랜턴 불빛에만 의존해야 하는 지하의 어둠은 만만하지도 않았지만 익숙할 수도 없었다. 어둠만이 아니었다. 암벽도 검었고 석탄도 검었다. 거기에 탄가루를 뒤집어 쓴 사람까지 시커먼 덩어리일 뿐이었다. 그래서 온통 숨 막히는 어둠의 세계가 되었다.

안전모 챙에 달린 랜턴 불빛 정도는 그다지 맥을 쓰지 못했다. 그랬지만 저마다 하나씩 지녔던 것이 랜턴이었고 그래서 사람이 움직이는 때면 불빛도 그 동작을 따라 움직였다. 때로는 그 안전모 챙의 그 불빛이 사이키 조명 같기도 했다. 어둠 속에서 광란을 하던 것으로 그랬다. 얽히고설킨 불빛이 그나마 그 같은 착각으로 작은 위안을 느끼게 하던 것이었다.

그런 세월이 6개월이 가까워져 가면서 조금은 익숙해졌다. 그 사이 병지는 그만 때려치우고 가버릴까 하는 생각을 수도 없이 했지만 그건 죽음 같은 목숨에 매달린 하나 명줄 때문에 번번이 포기하고 주저앉아야 했다.

그러던 병지가 당한 그 끔찍한 사건은 갱구의 붕괴였던 것이다. 갑자기 당한 참사였다.

그날 채탄부 현장에 함께 배치된 인원은 모두 여덟 명이었다. 그들은 그 순간을 기점으로 생과 사가 갈리게 되었다. 생사를 알 수 없는 위기였다. 외부와 연락은 두절되었고 구조마저 바랄 수 없었다. 세상의 막다른 지점이었다.

어떻게 손쓸 사이 없이 순식간에 닥친 그 참사에 비명과 아우성으로 아수라장의 현장에서 그들은 이미 죽은 목숨이나 다름이 없었다. 무너진 바위더미에 깔려 몇 사람이 희생된 상황이었고. 그 위에 덮친 것이 죽탄澒炭이었다. 바위더미가 무너지면서 수맥을 이루고 있던 죽탄이 쏟아졌던 것이다. 그때 죽탄이 무서운 줄은 알지 못했다. 죽탄은 죽음의 괴물이었다.

그런 차중에 현장에서 가장 경험이 많고 노련하던 것은 박朴이였다. 그는 나이도 많았지만 탄광 이력이며 경험이 남다르던 것이었다. 박씨는 죽탄을 가장 무서워했다. 박씨 말로는 갱 속에서의 죽탄은 죽음의 다른 이름이라고 했다. 그래서 죽음의 사신死臣이라는 것이다. 붕괴된 탄광에서 죽탄을 만나 살아난 사람은 없다고도 했다.

비명을 지르고 아우성을 치던 소리가 갑자기 조용해졌다. 알고 보니 쓰러져 비명을 지르던 사람들을 죽탄이 덮쳐서 일거에 편정해 버린 탓이기도 했다. 죽탄에 묻히고 말았던 것이다. 죽탄으로 질식한 것이었다. 뻘쭉한 죽탄은 그렇게 무서웠다.

박씨가 정신없이 고함을 질러댔다.

"다들 쓰러지면 안 돼! 모두 서로 움켜안고 함께 서서 견뎌야 한다니까."

죽탄은 계속 차 올라왔다. 배꼽께서 가슴까지 차올랐다. 몸을 굽힐 수도 없었다. 미끄러지거나 넘어지면 끝장이었다. 어쨌든 서서 견뎌야 했다. 움직이지 않고 서서 견딘다는 것은 쉬운 일이 아니었다.

지상에서 구조는 언제 올지 알 수 없었다. 한시가 촉박했지만 병지는 붙들고 서서 눈을 감았다. 그리고 부르짖었다.

"안 되겠어."

그게 끝이었다.

다리가 풀려 스르르, 주저앉으면 그게 끝이었던 것이다.

어둠 속에서 연이어 들리는 소리~.

"안 되겠어."

실낱같은 소리를 남기는 것으로 마지막이었다. 어쩌면 목숨 하나가 그렇게 사라져 갔다.

"하느님, 살려주십시오! 제발, 제발요!"

"오, 하느님!"

하느님한테서도 소식은 역시 오지 않았다.

사람이 이렇게 위급한데 하느님은 뭘 한단 말인가. 그랬지만 그런 원망도 시간이 있어야 하던 것이었다. 그때 병지한테는 그런 신간도 없었던 것이다. 병지를 위안하던 것은 오히려 박씨의 고함이었다.

"구조대는 반드시 온다. 우리는 기다리면 되는 거야. 기다리자고."

무엇을 믿고 그러던지 박씨는 모두들한테 희망을 놓지 말 것을 외쳤다. 그리고 악을 쓰며 당부하던 것은 주저앉지 말라, 잠들지 말라 였다. 주저앉는 것도 마지막이지만 잠드는 때면 마지막이었다.

밖으로부터 소식은 전해져 오질 않았다. 시간은 얼마나 흘렀는지 알 수 없었다. 다리가 저려오기 시작했다.

노盧씨, 강姜씨, 정鄭씨, 이李씨 끙끙거리던 끝에 악다구니를 쏟아내었다.

"씨팔 놈들, 뭐 하는 거야? 사람 죽는다는 걸 모르냐, 앙?"

"이거, 사람이 죽는데 뭐 하는 거야? 사람 죽는 건 생각 안 하는 거야?"

"죽는 놈은 죽고 사는 놈들만 살겠다는 거야?"

이제 남은 것은 악 밖에 없던 것이 그들이었다.

사리적으로 생각하면 탄광이 붕괴해 무너지면 회사는 물론 있는 대로 벌컥 해서 날뛰는 걸 모르지 않았지만 이때의 그들한테는 사리분별을 따져서 생각할 여유가 있지 않았던 것이다. 턱밑까지 차올라 온 죽탄으로 해서 사경에 다다른 그들로서는 발악일 수밖에 없었다.

랜턴도 하나둘 꺼져갔다. 주머니의 라이터도 쓸모가 없었다. 그랬지만 갱구에서 불씨는 금물이었다. 행여나 모를 일로 가스가 고였다면 또 다른 폭발을 일으킬 수 있기 때문이었다.

시간이 얼마나 흘렀는지 알 수 없었다. 어쩌면 며칠이 지났는지도 모를 일이었다. 깜깜한 암흑~, 두절된 공간~.

죽탄은 시시로 차올랐다. 지하 이백여 미터에서 수맥을 타고 흐르는 죽탄은 멈추지를 않았다.

이때 키가 한 치라도 크느냐 작으냐에 따라 생사가 갈렸다 해도 과언이 아니었다.

병지의 키는 일미터 칠십팔 센티미터였다. 키가 가장 작던 사람은 노씨였다. 급기야 노씨가 부르짖던 소리였다.

"난…, 안, 안되겠어."

아마 주저앉으려는가 보았다.

그 다음에 들을 수 있던 것은 꼬르륵, 하는 소리였다. 그것으로 노씨는 이 세상과는 작별이었다.

병지는 발밑을 더듬었으나 돌멩이 하나 걸리지 않았다. 무엇이든 딛고 올라서서 견뎌야 했다. 그건 절체절명의 문제였다.
 무서움과 절망과 다급함이 한꺼번에 몰려들었다.
 "오, 하느님! 살려, 살려주십시오. 제발, 제발요. 살려만 주시면 당신의 종으로 살겠습니다."
 병지는 울면서 부르짖었다.
 그때 발밑에 뭔가가 걸렸다. 다급함으로 분별없이 얼른 딛고 올라서게 되었다. 까치발을 하지 않아도 코밑에 다다랐던 죽탄이 턱 아래로 내려가는 듯했다.
 그랬는데 그때서야 병지는 자신이 딛고 올라선 것이 방금 주저앉은 노씨의 머리통이라는 걸 알게 되었다. 그랬지만 내려 설 수는 없었다.
 "~으악!"
 발을 옮겨놓을 수가 없었다. 한 자죽이라도 옮기는 때면 이 세상은 영원히 끝장이라는 절박함이 가로막던 것으로 그랬다.
 마음이 부들부들 떨렸다. 그래서는 안 되는 짓을 그렇게 하고 있던 것이 자신이란 걸 알게 되었지만 어떻게 할 것인지는 결정되지 않았던 것이다. 그건 자신과의 싸움이기도 했다. 그들과 꼭 같이 죽탄 속에 파묻힐 것인가. 아니면 노씨의 머리통을 계속 밟고 버틸 것인가. 어느 것도 선택할 수 없었다.
 병지는 울고 있었다.
 내려 설 것인가, 그냥 딛고 서 견딜 것인가.

어느 것도 결정할 수 없었다.

그러자 환청이 들리기 시작했다. 사람들의 고함소리, 바위가 부딪치는 소리, 장비들이 웅웅거리는 소리, 환청은 병지를 괴롭혔다.

"하느님, 살, 살려주십시오! 살려주십시오! 살려만 주시면 무엇이든 하겠습니다. 죽으면 안 됩니다. 하느님, 나를 버리지 마시고 살려주십시오. 오, 하느님! 제발, 제발요!"

환청인지 모를 일이었지만 그때 쾅! 하는 소리가 들렸던 것도 같았다.

〈 〉

"나는 구조된 생존자로서는 유일했지만 남의 머리통을 밟고 살아났다는 그 죄책감은 어떻게 할 수가 없었어. 이건 내 평생의 짐이야."

병지의 인생 간증은 그렇게 처절했다. 병지에게 남모르는 그런 아픔이 있었다는 건 알지 못했던 것이다.

"그렇지만 그건 너 잘못일 수는 없잖아?"

"나는 인간으로서 해서 안 되는 짓을 했단 말야. 나만 살자고 그들의 머리통을 밟고 올라서게 된 죄~. 나는 그런 죄를 저질렀다니까,"

"그건 네가 잘못한 게 아니잖아."

마휘가 그렇게 말하였다.
"아냐. 그건 내 인생의 부끄러운 비밀이며 씻을 수도 없어. ……남의 머리통을 밟고 살아나다니. 그건 내 인생 부끄러운 비밀이 아니겠냐. 그래서 하는 말이라면 사후의 내 어떤 말도 변명일 뿐일 테지. ……나는 이제 그 사람의 몫이 까지 살아야 한다고 생각하게 되었어. ……그것도 어디까지나 내 부끄러운 변명일지 모르지만~. ……그 사람이 그때 나를 받쳐주질 않았더라면 나는 그들처럼 수중고혼이 되었을 것 아니겠냐."
병지의 말에 마휘가 한숨을 한 번 내쉬었다.
"그래. 하여튼 너무 그렇게 괴로워할 건 없을 거야. 사람으로 살다 보면 누군들 그런 비밀이 없겠냐 마는……, 그 사람은 너와 같은 조건이었지만 그걸 극복 하지 못해 희생당한 거니까 어쩔 수 없는 일 아니겠냐."
"나는 그때 하느님을 만났어. 그리고 하느님과 약속했다니까. 여기를 떠나지 않고 내 평생 그들의 고혼孤魂을 지켜 주리라고 말야."
"현실은 다르잖아. 인간이 사는 현실은 너의 그런 정신을 알아주지 않을 테니 말야."
"어쨌든 나는 여기서 떠날 수 없는 운명이라고 생각해. ……그때 내 간절한 기도를 듣고 자신의 몸으로 나를 받쳐주고자 한 것은 하느님의 뜻이었다고 생각해."

병지는 단호했다.

마휘는 병지에게 그런 아픈 비밀이 있다는 걸 알고 숙연하지 않을 수 없었다.

"그때 이후 나는 내 모든 것을 내려놓고 포기하기로 했어. 학업도 거기서 그만 두기로 했던 거구."

이제 마휘는 할 말이 있지 않았다. 그래서 거기서 그만 입을 닫기로 했다.

하느님이 있는지 없는지는 알 수 없는 일이었다. 병지가 있다고 우정 우긴다면 있을 지도 모르던 일로 말이다. 그렇더라도 인간적인 모든 것을 포기하기로 했다는 병지가 대단하다고 생각하지 않던 것은 아니었다.

상처란 사람에 따라 다르겠지만 생사의 갈림길에서 헤어난 사람의 상처란 어찌 말로 다할 수 있겠는가.

"나는 평소 신념이랄까 뭐 그런 생각이었지만 내가 위치한 자리에서 언제나 인생을 생각하고 공허한 삶의 빈자리를 땀 흘려서 채워나가며 착실하게 살려고 했는데 내 그런 신조는 그만 잃어버리고 말았어. 이제 나는 알맹이 없는 인생으로 뒤죽박죽이 되어 그냥 뒹굴고 있다고 할 수밖에 없어. 그런 나를 슬픈 눈으로 바라보노라면 너무 괴로워. 그러면서 새삼 삶이란 무엇인가 하는 생각도 하지만 거기에 과오가 씻어지는 것은 아니었다니까."

#〈　〉

　마휘는 자고 난 아침 뜬금없이 심불암 무공 스님 생각이 났다.
　그러고 보니 상당 기간 만나지 않았던 것이다. 그래서 오늘은 한 번 만나러 가 볼까 하는 생각을 하게 되었다.
　마휘는 아침나절 잠시 다녀오겠노라며 병지와 필무에게 말한 뒤 심불암을 향했던 것이다. 무공 스님이 있을지 없을지는 알 수 없었다. 그래서 일단 가보는 수밖에 없었다.
　길은 변하지 않고 그대로였다.
　덤불을 헤치며 한참을 가자 저만치에 눈에 익은 심불암이라는 나무 팻말이 보였다. 나무 팻말은 여전히 거기 서서 지키고 있었다.
　나무토막을 쪼갠 판에 먹으로 쓴 글씨는 무공 스님다웠다. 무공 스님도 웬간해서는 글씨 하나는 누구 솜씨를 좀 빌려야겠다고 생각하게 되었다.
　덤불에서 발산한 뜨거운 열기는 후끈후끈 했다. 한낮의 덤불은 바람마저 발목을 잡았던 것이다.
　햇볕은 뜨거웠고 바람은 간 곳을 몰라 찾아 볼 수가 없었다.
　마휘는 등에 땀이 흐르는 것을 아랑곳 않고 후후, 숨을 내뿜은 끝에 심불암에 다다르게 되었던 것이다.
　마당에 들어서자 방문이 벌쭉하게 열린 것이 보였고 섬돌위에 신발도 가지런히 놓여 있었다. 그래서 오늘은 스님이 탁발을 나가지 않았다는 걸 알게 되었다.

"스님, 계세요?"

섬돌 앞에 다가 간 마휘는 큰 소리로 스님을 찾았다.

"………."

방에서는 아무런 인기척이 없었다. 그래서 스님이 없나 하고 손으로 방문을 열고 안을 들여다보았다. 어두컴컴한 방안~. 스님은 자고 있었다. 누운 채로 꼼짝을 하지 않는 것으로 보아 잠이 깊이 든 모양이라고 생각했다.

"스님!"

큰 소리로 또 한 번 스님을 부르게 되었다.

자고 있더라도 깨울 요량이었다. 그랬는데 스님은 여전히 꼼짝을 하지 않았다.

이상하던 것이 마휘 생각이었다.

'그럴 리가 없는데~~.'

마휘는 문을 열고 방으로 들어갔다. 그때까지 스님은 움직이지를 않았다. 그래서 마휘는 잠든 스님을 가만히 내려다보았다. 미동도 않는 것이 분명했다. 미동도 않는다는 것은 어떻게 된 것인가.

펀듯 스치는 생각과 썸짓한 마음이 동시에 엄습하는 순간이었다. 그랬지만 그냥 나올 수는 없었다. 그래서 다시금 찬찬히 살펴보기로 했다. 스님은 누운 채로 숨을 쉬지 않았다.

그러다 마휘는 흑, 하고 숨을 몰아쉬게 되었던 것이다.

그때야 고약한 냄새가 물씬하는 걸 알았다. 무공 스님은 죽은 지가 벌써 며칠이 되었던가 보았다.

마휘는 얼른 밖으로 뛰쳐나왔다. 나오고 보니 일은 난감한 바가 없지 않았던 것이다. 죽은 시신처리 문제였다. 무공 스님이 속한 큰절 본사本寺가 어딘지 안다면 거기로 연락해 일단의 사후처리를 하겠지만 그런 절이 있든 지도 알 수 없었다.

마휘가 생각하기로 무공 스님이 속한 그런 절은 있지 않은 것도 같았다. 그렇다면 일반적인 절차상 경찰에 연락하거나 아니면 지방자치기관인 읍邑, 면面, 동洞 사무소로 연락해야 하건만 그것도 쉬운 일은 아니었다. 무엇 보다 기관에 알리는 경우 첫째가 경찰의 경위파악이었다. 누가, 어떻게 알게 되었으냐, 망인과 어떤 관계냐, 가장 최근에 만난 게 언제였느냐, 등등해서 시시콜콜 따지던 것이 경찰의 마인드라는 걸 알기 때문이었다. 마휘로서도 그게 싫었다.

그리고 보면 무공 스님의 사인도 문제였다. 사인이 무엇인지 알지 못하던 것으로 말이다.

평소 지병이 있었던지 아니면 외부의 어떤 물리적 힘에 의한 것이었는지 또 굶주림에서 오는 영양결핍이었던지 어느 것 하나 아는 게 없었다. 사람에게 자연사란 있을 수 없는 일이지 않겠는가.

사람이 태어나는 것은 종이 장 하나로 출생신고면 되지만 사망한 경우는 그리 간단하지 않던 것이었다. 그래서 마휘는 그냥 모른 척하고 가버릴까 하는 마음도 없지 않았으나 사람이 또 그럴 수는 없었다. 그래서 마당에 나서서 혼자 한참을 멍하니 생각해 보았으나 이렇다 하는 결론은 떠오르지 않았다.

  어떻게 할 것인가, 그 생각에만 골똘하던 끝에 일단 탄광으로 돌아가 필무와 병지의 의견도 들어보기로 했던 것이다. 이때 필무와 병지는 그렇게 유용할 수가 없었다. 그들의 의견이 어떨지 한 번 들어보자는 것이었다. 그랬는데 다른 한편으로는 시신처리에까지 그들의 협조가 필요한 바가 없지 않던 것으로 말이다.

  발걸음이 올 때와는 달랐다. 휘청거렸다. 속이 메스꺼우면서 뭔지 모르게 식은땀까지 흐르던 것이었다. 비틀거리는 걸음을 따라 마음까지 출렁거리기도 했다.

  사람의 인연이란 그렇던가 보았다. 인간이라는 동질성 때문인지는 모를 일이지만 하여간 죽음이라는 것으로 해서 다가오는 충격적인 감정은 그리 단순하지 않았다. 묘하고 복잡했다.

  필무와 병지는 전후 사정을 듣게 되자 똑 같은 반응에 같은 답을 내놓았다.

  그러다 필무가 거기서 한마디 딴지를 걸고 나왔다.

  "망인이 스님이라면 불교 교리에 따라 다비식으로 화장을 해야 하는 것 아냐?"

그 말을 가로막던 것은 병지였다.

"화장은 안 되지. 나중에 무슨 문제가 있을지 모르는데 화장을 했다간 책임질 일이 생겼을 때 어떡할 건데? 그 책임은 우리가 져야한다는 걸 알아야지. 혹시 모를 일로, 사후에 경찰문제가 발생하더라도 매장해 두었던 것을 다시 이장移葬식으로 해묘解墓하면 되니 말야."

듣고 보니 그렇기도 했다.

"그래. 화장은 안 되고 병지 말대로 매장을 하자고. 우리 손으로는 매장이 쉬운 방법이기도 하고~."

그래서 우선 매장으로 결정을 보게 되었다. 나중에 필요시 그때 따라 처리할 수 있도록 한다는 것이었다. 그래서 우선 가매장을 하기로 결정을 보게 되었다.

그때 또 병지가 들고 나오던 것이 무공 스님의 사인에 대한 문제였다.

"그런데 사인이 문제 아냐?"

"사인이 무엇인지는 모르겠어. 쉬운 말로 심정지 같은 뭐 그런 것은 아니었을까. 혼자 있다 숨졌으니 아는 사람이라고는 없으니 말야."

그러자면 시신을 옮기는 게 문제로, 이 여름철 더운 날씨로 며칠이라는 경과되고 보면 온전할 리가 없을 텐데 여간 신경 쓰이지 않을 것이라는 예견은 적중했다. 아까 이미 냄새로 그건 확인된

바가 아니겠는가.

　빈 쌀부대 두 개를 나무막대기로 들것을 만들게 되었다. 그건 솜씨 좋은 병지가 만들었다.

　원칙으로는 관棺이 있어야 했지만 있을 리가 없어 평소 망인이 덮었던 이불에 말아서 들것으로 옮기기로 했다.

　그리고 보니 문제는 또 있었다. 묘를 쓸 자리였다.

　묘를 어디다 쓰느냐 였다. 그러다 배수가 잘되고 바위나 돌덩이가 없는 양지바른 곳으로 잡았다.

　매장을 끝내고 봉분을 만든 다음 표지목 까지 세우고 나니 병지가 하는 말이었다.

　"아무래도 너무 허전한 것 같으니, 묘비명墓碑銘이라도 하나 세우는 게 어떨까?"

　"……묘비명…을? 스님은 어떤 생각이었을까……?"

　망설이던 끝에 마휘가 나무판대기를 집어 휘갈겨 쓰게 되었다.

　'~세상, 맡겨놓고 가네.'

　되는 대로 쓰긴 했지만 그들은 둘려서서 한 동안 살펴보게 되었다. 그러던 끝에 필무가 하는 소리였다.

　"아휴. 거, 세상 맡겨놓으면 누가 어쩌라는 거야?"

　"묘비명은 괜찮은 것 같군."

　병지는 숙연해 하는 기분 같았다.

　이래저래 하다 보니 하루해도 거진 다 했던 것이다.

묘 앞에 나란히 서서 묵념을 드리는 것을 마지막 순서로 잡았다.

"부디, 왕생극락(往生極樂)하십시오."

일행을 대신해 병지가 그렇게 짧은 조사(弔辭)를 했다.

세 사람은 묘 앞에 나란히 서서 절을 올린 다음 참배를 끝내고 돌아오게 되었다.

병지가 앞서고 필무가 뒤따르는 대열에서 마휘가 맨 뒤에 서게 되었다.

앞선 병지가 허공에 대고 하는 소리였다.

"죽는 사람은 왜 세상은 두고 가는 걸까?"

그 말을 받아서 하던 것이 필무였다.

"뻔하잖아. 때 묻고 더렵혀졌다고 내팽개치는 것 아니겠냐."

그 말을 들은 마휘의 생각이었다.

그렇다. 애지중지하며 살던 세상은 왜 두고 가던 것일까. 덧없고 한많은 세상일 텐데 말이다.

세상과 어깨동무한 사내

#〈 〉

돌아가는 길은 홀가분하질 않았다.
모두 기분은 무겁고 침울했다.
맨 앞에 병지가, 그리고 필무, 마휘가 후위에서 따라 걷게 되었다.
덤불로 된 오솔길이라 다람쥐가 다니는 길을 더듬어 걸어야 하던 것은 여전 했다.
해가 넘어가자 덤불 속에서 나온 바람이 제법 시원했다.
세 사람의 그림자는 덤불 속으로 자취를 감추고 따라오지를 않았다. 그래서 그때 세 사람은 그림자 없는 사람으로 일렬종대를 이루었던 것이다.

앞장섰던 병지가 하는 말이었다.
"저 스님, 왜 중이 되었던 것일까?"
그 말을 받은 것은 뒤쪽의 마휘였다.
"갑자기 무슨 소리냐?"
"글쎄. 중이었다면 종교를 삶의 도피처로 삼았던 것은 아니었던지……. 인간의 무엇 때문에 불교에 귀의하고자 했던지 그런 걸 한 번 물어 보았으면 좋았을 텐데 그랬어."
"그런 걸 대답하겠냐? 그러고 보니 네가 그걸 물어볼까봐 먼저 피한 것 같은 걸."
그 말은 필무가 했다.
"왜 피하냐?"
"아마 모르기는 해도 거기에 인간의 어떤 비밀이 있다는 걸 눈치 채고 말야. 또 대답을 하는 때면 그 비밀이 탄로 날지도 모를 테니 안 그래?"
"거기에 비밀이 있었다면 나도 한 번 봐 줄 아량은 있다니까. 인간의 무엇인가 하는 대답만 하는 때면 말이지."
"그렇지만 그걸 알까?"
혜식 해 하는 어투가 그랬다.
"……인간을 말한다면 그러니까, 동물이면서 인간이고 인간이면서 동물이기도 한 그런 뭐가 아니겠냐? 그런 뻔한 싱거운 소리는 왜 하냐?"

"그런가? 싱거운 소리는 알겠는데 뻔하다는 건 무슨 소리야? 우리가 그 뻔한 것에 매달려 죽지 못하고 이 고생이란 말인가?"

"그거야. 그리고 뭐랄까. 동물의 바탕이지만 생각한다는 조건 때문에 거기서 분류되기도 하고 말야. 동물은 고생을 모르지만 인간은 고생을 아는 거잖아. 어쩌면 고생을 아는 그것이 인간의 원죄인지도 모르지."

"동물이 아니라는 건 한없이 명예스럽지만 그건 인간이라는 이름값을 하라는 것 아니겠냐."

"그렇지만 먹지 않으면 배고프고 죽는다는 것 때문에 인간은 역시 어쩔 수 없는 동물인 걸 어쩌겠냐."

이때의 그들은 앞서거니 뒤서거니 해서 걸으며 장난 같은 그런 소리를 마치 장난이 아닌 것처럼 하고 있었다.

나중에야 거기에 마휘가 다시 거들었다. 필무를 향한 그 말은 핀잔이나 다를 것이 없기도 했지만~.

"너, 꽤 유식하구나. 인간이라는 동물에 대한 정의를 제법 그럴싸하게 갖다 붙이는 걸."

"그러냐? 나도 생각하는 인간이고 거짓말 좀 하는 족속이거든."

"어쨌든 대단해."

그러다 병지가 뜬금없이 허공을 향해 포효했다.

"인간은 어떻게 살아야 하는가?"

병지의 그 포효는 겨울 밤하늘을 날아가는 외기러기의 울음 같기만 하던 것이었다.

잠시 모두 말이 없었다. 그냥 묵묵히 발걸음만 옮겨놓고 있었다.

사람은 인간이라는 것으로 해서 남의 죽음을 통해 삶의 보편성에 대한 생각을 하던가 보았다. 이때의 병지가 그랬다.

무슨 생각이었던지 뒤에서 걷고 있던 필무가 혼자 소리처럼 하던 것이었다.

"안 죽어야지. 인간은 죽으면 끝이야. 아무 것도 없어. 고독도 허무도 사라져."

그 말에 따라 병지가 했다.

"그렇지. 바로 그거야. 안 죽어야지. 그런데 안 죽으면 또 어떻게 되는 건가?"

"오늘 봤잖아. 죽으니 어떻게 되는지~."

"그러니까, 죽는 것은 죽는데 안 죽으면 어떻게 되느냐 말야?"

누구도 그에 대한 대답은 하지 못했다.

아까부터 마휘는 듣고만 있었을 뿐이었다.

필무가 그런 마휘를 향해 삿대질을 하는 투로 했다.

"너도 한마디 해봐. 뭐라 할 건지~."

"난 할 말 없어."

"그렇냐. 별 것도 아닌 게 되게 어렵군."

이번에는 병지가 투덜거렸다.

그러자 이번에는 병지를 향해 필무가 대들었다.

"야, 아까 떨던 그 청승, 다시 한 번 떨어봐."

그러자 뒤에서 마휘가 한마디 하게 되었다.

"인간이 뭔지 알아서 뭐하겠냐?"

"난 그 스님을 알진 못하지만 같은 인간으로서 죽었다며 땅에 묻히는 걸 보고나니 기분이 그렇네. 그만 묻어버리니 끝이라니. 우리들 인간이 너무 비정한 건 아닌가?"

"그게 인간이야. 세상은 살아 있는 인간 중심으로 돌아가는 거라 어쩔 수 없는 노릇이지."

"너무 허무해. 살아서는 아등바등하다 죽고 나니 그만이라니. 도대체 인간이란 무엇인가?"

"인간이 무엇인지 알아서 뭐하겠냐?"

"인간이 무엇인지 알아야 삶이 무엇인지도 알 것 같아서 그래."

"삶~? 그냥 사는 거야. 오늘의 나로서 충실하게 살면 되는 것 아니겠냐?"

말은 그랬지만 그것이 답이라는 생각은 아니었다.

인간이 무엇인지 끝 모를 의문 앞에 세워져 있던 것이지 않겠는가. 무공 스님은 그 의문을 남 먼저 눈치 챘던 것으로 일찍이 모든 것을 버리고 종교에 귀의하고자 했던지 모를 일이었다.

저만치 앞에 입 벌인 갱구가 보였다.

그들은 거기서 그만 멈춰야 했다.

〈 〉

"야, 저녁밥은 다 되었는데 반찬이 이 모양이라 어쩐다?"

"그건 밥하는 사람 책임이랄 수는 없잖냐. 된장국이나 끓여서 먹지 뭐."

"그놈의 된장국, 인제 지겹기도 하거든."

"지겨워도 어쩌냐. 그거라도 안 먹으면 어떻게 되는데. 우리에게도 고기 국 먹는 날이 올 테지. 안 그렇냐. 그렇게 기대하고 살자구."

"에잇, 제길 랄. 끼니때만 되면 이 지경이라니."

"배부른 투정은 아니겠지? 우린 한 때 그것도 못 먹어 며칠을 굶었던 걸."

"그래? 굶어 보니 어땠냐? 죽을 것 같았냐, 살 것 같았냐?"

"두 말하면 숨 가쁘지. 눈에 보이는 게 없더라니까."

"인생이니 뭐니 하는 생각은 하지 않고서?"

"그런 생각은 근처에 오지도 못했어. 그저 먹는 생각뿐이더라니까."

"하긴. 배도 고파보아야 하는 건데. 그렇지만 도무지 목에 넘어가려 하질 않으니 어쩌겠냐."

"우리 이 생활에 짜증낸다고 금방 무슨 방법이 생기는 건 아니잖아."

"이럴 때면 그만 모든 의지가 무너지려 한단 말이야."

"그런 의지에 꺾인 남자는 여자들도 거들떠보질 않을 걸."
"여기 거들떠 볼 여자가 있기나 하냐?"
"내 말은 그저 희망사항이 그렇다 하는 거지. 꼭 여자가 있어야 여자 얘긴가."

필무와 병지가 저녁밥을 짓는다며 붙어서서 하는 게 주거니 받거니 그 소리였다.

사실 그랬다.

이때의 세 사람에게 식생활을 두고 말을 한다면 자기학대에 다름 아니라고 할 수 밖에 없었다. 그럴 것이, 식은 밥덩이에 달랑 된장 국 하나 놓고 끼니로 때우는 생활이 몇 개월째 이어지던 것으로 말이다.

함바가 떠나고 그들은 지금까지 제대로 된 식사라고는 한 끼도 해 보지 못한 처지였다. 간단하고 단순한 것이 음시이지만 먹는 문제일 때는 상황이 다르던 것이었다.

그러고 보니 평소 단순히 습관적으로 먹는 문제 앞에만 놓인 것으로 생각했던 음식에 대한 문제가 간과했던 것은 한둘이 아니었던 것이다. 무엇 보다 생명 연장에 따른 문제로만 생각하던 것으로 단백질 보충이며 에너지 공급 따위는 간과되어 소홀했던 것까지 말하면 한두 가지가 아니었던 것이다.

그저 습관적으로 배가 고파 먹는 것으로만 여겼던 음식이지만 사실은 그 이상이기 때문이었다. 적어도 인체에 흡수 되었을 때

피가 되고 살이 되는 문제를 넘어 그 이상의 무엇이라 할 수 있던 것이 음식물이었다.

음식에는 철학이 있고 영혼과 통하는 어떤 것이 또 있기도 하다는 것. 그런 것을 일깨우게 하던 것은 그리 우연한 계기도 아니었다. 그러니까, 바로 다음 날로 예고 없이 들이닥친 일들은 그들을 놀라게 하면서 당황하게 하던 것이었다.

마치 낯선 초원의 유목민 행렬처럼 들이닥쳤던 경이로운 그 사태였다. 장비들을 잔뜩 실은 트럭들과 함께 본사 노무반에서 광산을 재가동하기 위해 파견된 선발대였던 것이다.

사람들은 모두 낯선 얼굴들로 차에서 내리자 잘 훈련된 것처럼 일사불란하게 움직였다. 그들을 진두지휘하던 것은 노무부장이라는 사람이었다.

노무부장이 마휘와 필무를 찾았다. 그 자리에 병지도 같이 하게 되었다.

세 사람을 향해 노무부장이 말했다.

"체불되었던 임금은 며칠 전에 은행계좌로 전부 임금이 완료 되었습니다. 한 번 확인해 보시지요. ……그리고 두 분께는 안 된 말입니다만 지금은 시대가 옛날과 달라 기업의 사회적 이미지 재고를 위해 재취업에 있어 부적격자로 분류 되었다는 것을 말씀드립니다. 회사에 비치돼 있던 신원조회서류에 드러난 하자 때문에 그렇습니다. 지금까지 고생 많았는데 미안하게 생각합니다."

그러니까, 마휘와 필무는 업무상 과실치사 혐의로 단 기간이나마 복역했다는 사실이 하자로 찍혔던 모양이다. 그래서 거기에 대해서 두 사람 모두 할 말이 없었다. 다만 알겠다며 두 사람은 주저 없이 물러나기로 했다.

그랬다. 기업체로서는 그럴 수 있을는지 모를 일이었다. 그동안 탄광의 광부라면 가장 열악한 직종으로 모두가 피하던 것이라 원활한 인력수급을 위해 일을 하겠다면 막대 놓고 아무나 채용하던 것이 관례라 그 중에는 사회에서 중범죄를 저지르고 숨어들던 것이라 해도 과언이 아닐 만큼 탄광이 범죄자들의 은신처나 도피처로 치부하던 경향이 없지 않던 결과가 그렇게 된 것이라 할 수밖에 없었다.

그래서 일반적으로 탄광은 평이 지극히 좋지 않았던 것이다. 일테면 사기 살인 등을 저지르고 탄광으로 피신하는 때면 여간 뒤쫓아 추적해 왔다 하더라도 탄가루를 뒤집어쓰고 눈코 분별이 안 되는 속에서 지목해 찾아내기란 쉬운 일이 아니었기 때문이다.

그랬지만 정작 무언가가 무너지는 것 같았던 것은 마휘의 가슴이었다. 실낱같은 무엇이 무너지는 것 같았던 것이다. 그건 희망이라는 것인지도 몰랐다. 바라지도 않았는데 그랬다. 인간이란 참 엉뚱하고 묘한 존재였던 것이다. 그런데 그것이 희망이었다면 이제 다른 것을 잡아야 했다.

마휘의 생각은 그랬다. 그것이 희망이었다면 어디에 있었던 것일까. 하여간 무너지는 것 같은 감정만은 감당할 수 없었던 것이다.

삶은 단순한 이유로 그들을 열외로 몰아 세웠다. 그렇게 한 번 열외로 밀려난 하자는 평생의 운명을 좌우하게 되었다. 삶이 불안의 대상이던 것은 이때라고 다르지 않았다.

"우리야 떠나더라도 병지 넌 아무 결격사유가 없으니 여기 남아서 그냥 일해."

"그래. 축하 해."

마휘의 말을 받아서 필무 까지 그렇게 말했다. 그러자 펄쩍하던 것이 병지였다.

"무슨 소리야? 나도 안 해. 나도 그냥 갈 거야. 뭐 여기 아니면 밥 먹을 곳이 없겠냐."

"뭐 네 까지 그럴 것 있냐?"

병지를 향해 마휘가 다시금 하던 말이었다.

"아냐. 아냐. 그건 아니지. 인간이 그렇게는 못해. 나는 못한다니까."

"그래. 좋아. 그럼, 어떻게 되든 같이 떠나겠다는 거야? 우리 모두 삶이라는 이 부조리한 세상의 연극에서 지친 배우들이라고 할까. 아프고 슬프고 그리하여 지쳤지만 우리는 살아가야 하는 것이 이 부조리한 삶이라는 거지. 눈물이 흐르더라도 우리 같이 가 보자고~."

"그래. 나도 떠날 거야. 이참에 이 지긋지긋한 탄광, 한 번 벗어나는 거지 뭐."

그리고 보니 당장 해야 할 일은 소소한 짐이며 소지품들까지 거처를 옮겨야 하던 것이었다.

"우리 은행계좌 확인은 언제 하냐?"

예전에는 월말이면 은행에서 차를 몰아 출장을 나와 줘서 불편한 줄을 몰랐는데 이제는 이십여 리 저쪽 읍내까지 가야 하던 것이었다.

"그건 내일 하자고. 우선 짐부터 어디로 옮겨야 하지 않겠냐?"

"그것도 그렇네."

그때 병지가 제의를 했다.

"저번에 우리가 스님 초상을 치른 그 심불암인가 거기 지금도 비어 있을까?"

그리고 보니 스님 상喪을 치른 이후 한 번도 심불암을 가 보질 않았던 것이다.

"글쎄. 거기가······?"

"지금까지 비어 있다면 우리가 거기로 가면 어떨까?"

병지의 제의는 기발했다.

"······? 심불암으로······?"

"그래. 비어 있다면 우리가 거기로 가자고~~. 그래서 당분간 사용하자고. 어때?"

"누가 들어와 있으면 어쩌냐?"

"그러면 어때. 그 마당 가운데 아무데나 텐트만 치고 당분간 지내자는 거지. 그러면 안 될까?"

"안 될 것 뭐 있겠어? 그래. 그거 좋겠어."

의견은 그렇게 모아지게 되었다. 그것만으로 우선 쾌재를 부를 만 했다.

"우리, 그리로 가자고~~."

"그래. 그렇게 해."

"좋아. 심불암으로~~."

"우리는 심불암으로 간다잉."

의기투합한 그들은 의기양양해서 메고 지고 심불암으로 갔다.

별거 아니지만 콧노래가 절로 나왔다. 그들은 소풍가는 애들 마냥 희희낙락하며 몰려갔다.

인생에 멍든 사내들~. 잠시 모든 것은 잊기로 했던 것이다.

심불암은 생각했던 대로 비어 있었고 그래서 마치 그들을 기다던 것 같기도 하다.

"급기야 여기에 불시착을 하는구나."

그들은 무주공산을 그냥 독차지한 기분이었다. 그동안 그냥 비어 있었다는 것에 무언가에 대해 고마운 마음도 없지 않았지만 한편으로 무엇보다 주위의 환경이며 분위기가 새로운 세계나 다름없던 것으로 막연한 해방감까지 만끽하는 기분이던 지라 더 없이 만족스러웠다. 그런 것을 그 전에는 알지 못했다가 그날에야 알게 된 것만 같았다.

그들에게 거기는 새로운 터전이나 다름이 없었다. 아니, 그들만의 세계이기도 하던 것으로 그랬다. 주위로부터 모든 것이 무언가가 흐뭇하던 지라 그들의 기분은 더할 나위가 없었다.

누구의 간섭도 받지 않고 누구의 지시도 없는 것은 물론 아무런 경계도 있지 않은 그야말로 별천지나 다름없는 곳이기도 했다.

심불암으로 옮겨 온 그들은 그때부터 그동안 비어 있어서 쌓였던 먼지를 쓸어내고 방과 쪽마루에 걸레질을 한 다음 각 자의 소지품들을 있을 자리를 찾아 정돈하기로 했다. 보잘 것 없는 소지품들이지만 간단하게 정리가 끝났다.

심불암에서 짐을 풀던 첫날이었다.

공기가 다르다는 것에 감복하게 되었던 것이다. 그러니까, 같은 산지山地로 산 속이면서 심불암에서의 공기는 탄광촌에서의 공기와는 완전히 달랐기 때문이다. 비록 덤불이긴 하지만 바위로 된 지역과는 그런 차이가 나던 것이었다.

비좁은 마당이었지만 갱구에서 치고 살았던 텐트를 손질해 다시 펼치고 한바탕 분주했지만 분위기는 완전히 달랐다.

"히야, 이만하면 낙원이잖아. 세상 낙원이 멀리 있는 것도 아니었구나."

병지와 필무가 캠핑 나온 아이들 같이 연방 환호성을 질렀다.

"여긴 세상하고는 관계없는 우리들만의 낙원이야. 파라다이스! 그러니 이게 진짜 낙원이라는 거지."

필무도 싱글벙글이었다.

"내 삶은 내가 선택한 대로 살아갈 수 있는 세상이었으면 했는데 여기가 거기였구나. 헛된 꿈이 아니라면 비록 초라하고 보잘 것 없는 내 가슴의 지도지만 여기서 다시 그릴 수 있었으면 해."

말은 그랬지만 그건 병지의 당찬 포부이기도 하던 것이었다. 움막 같은 토담집~, 보잘 것 없이 낡고 초라한 건 말할 것도 없고 비좁고 옹색했지만 그들로서는 탄광촌 광부에서 비로소 인간으로 돌아 온 기분이었다. 그래서 그들은 그때 무엇으로부터 삶을 재분배 받은 것 만 같기도 하던 것이었다.

산다는 것에 대한 내적 충족감을 모르고 늘 공허감이 가득한 터널 속에서 헤어나질 못하던 것이 지금까지였다. 그랬는데 그 터널을 나갈 수 있는 빛이 보이는 것 같았다. 지금까지 그 길을 찾느라 헤매었는데 말이다.

"그동안 우리는 우리의 약점과 상처를 드러내지 않으려고 급급해 하며 그리하여 세상을 속이고만 살려고 했지만 이젠 그럴 것 없을 것 같애. 약점과 상처가 있는 그대로의 우리 자신을 드러내고 세상과 떳떳하게 맞서자는 거야. 그것이 어쩌면 우리들 자신에게도 부끄럽지 않은 인간이며 주어진 부조리한 세상과도 당당하게 맞서 살아가는 구실이며 자세가 아니겠는가 하는 생각이야."

마휘는 탄광에서 취업이 거부된 충격을 감추려 했으나 터져 나오는 감정을 그렇게 토로하게 되었다.

"우리는 대본 없는 부조리극의 서툰 배우처럼 불만과 차별과 억압을 참으며 세상을 살아왔던 거지. 이제 우리들의 노력으로 그런 세상으로부터 우리 인생을 해방 시키자는 거야."

"세상과 맞서 비록 관객이 없는 부조리한 연극이라 하더라도 우리 인생을 차곡차곡 연기해 나가는 것은 우리들 책임이 아니겠냐. 내 생각은~, 그것이 우리가 세상을 속이지 않고 정직하게 우리들 삶에 충실한 자세가 아닐까 하는 생각이기도해."

한숨을 돌리며 쪽마루에 앉으니 멀리 해가 넘어가는 것이 이채로웠다.

"히야, 우리들 인간 세상 하루가 저렇게 뜨겁게 지는구나."

기가 막히고 이해되지 않은 일들이 닥치기만 했던 그들의 세상에 대해 견디며 살아야 하던 것이 인간으로서 피할 수 없는 운명이기도 하던 것이 그동안의 세월이었던 것이다. 힘들고 싫다고 거부할 없는 인간으로서의 한계가 그들의 운명이었기에 말이다.

"그 세상에 걸었던 희망은 어떤 것이었냐?"

"내가 이렇게 살아 있다는 게 희망 아니겠냐."

"그 희망, 어쨌든 포기하면 안 돼. 포기하지 않는 거기에 길이 있기 때문이야."

서쪽을 바라보고 섰던 병지가 손으로 가리키며 소리쳤다.

"히야. 저 노을 한 번 봐! 저렇게나 아름답다니!"

그때 하늘은 불타듯이 했고 병지의 얼굴은 노을을 처음 보는 것만 같이 상기되어 있었다.

#〈 〉

은행에서 계좌확인을 마친 세 사람은 제 각기 얼마간의 현금을 손에 쥐자 하는 소리가 똑 같았다.

"우리, 뭐 좀 먹고 가자고~."

"그래. 그거야 당연한 것 아니겠어."

이때도 그들의 의견은 한 치 어긋남이 없었다.

읍내 음식집이란 푸짐하다는 국밥 집이 제일이었다. 국밥 집을 찾아들었던 것이다. 식탁을 차고 둘러앉은 그들은 가위 허겁지겁이었다. 한동안 아무도 말이 없었다. 열심히 숟가락질만 해댔다. 그리고 바쁘던 것은 아래턱 위턱이었다. 턱은 움직이고 식도는 계속 삼켜야 했다.

숟가락을 놓을 때는 포만감으로 걸판지 게 먹었다는 소리가 절로 나오던 것이었다. 앉은 자리에서 배를 내리쓸며 하는 소리였다.

"세상 뭐 부자가 따로 있는 것 아니구나."

국밥에 수육까지 곁들인 데다 거기에 반주가 빠질 수 없어 한 잔씩 걸치게 되면서 참으로 오랜만에 술밥 간에 걸판지 게 한 번

배불리 먹었던 것이다.

"인제 어쩐다?"

"쌀부터 좀 사고~."

"반찬거리도 사야 되잖아?"

"국수, 밀가루, 라면……,"

"……멸치, 간장, 고추장, 된장……,"

"설탕도 있어야 돼."

"설탕만 아니라 통조림, 햄도……,"

"하여간 매장으로 가 보자고~."

그렇게 해서 그들은 한 짐씩 잔뜩 지고 돌아오게 되었다.

쌀 포대가 몇 개나 되었지만 라면박스도 여럿이었던 것이다. 서로 번갈아 가며 지자며 나섰지만 먼 길에서 땀이 흐르고 지치던 것은 모두 어쩔 수 없었다.

신불암에 도착하니 낯선 손님이 찾아와 기다리고 있었다. 손님은 젊은 소설가였다. 마휘와는 안면이 없지 않았지만 그때 마휘는 오리 길이나 뒤처져 오던 것이라 병지와 필무가 먼저 만나게 되었다.

"아니. 누구신가요? 무공 스님은 안 계시는가요?"

마당에서 젊은 소설가가 병지를 향해 먼저 그렇게 물었다.

병지가 멀뚱한 눈으로 젊은 소설가를 바라보던 끝에 말했다.

"그 스님, 열반한 걸요. 모르는 가요?"

"네…? 언제요?"

"제법 됐는 걸요. 그런데 댁은 누구신가요?"

"난 무공 스님을 아는 사이라 뵈러 왔지요."

"그래요? 우리가 다비식까지는 못해도 임시 매장을 하는 데 까지는 초상을 치른 셈이죠."

"호오…. 난 그런 줄도 모르고~~."

젊은 소설가는 쪽마루에 다시 풀썩 주저앉았다. 그런 다음 한참의 시간이 흐르자 마휘가 당도했고 두 사람은 서로 간 인사를 하게 되었다.

그런 다음 마휘가 필무며 병지한테 소설가를 소개하게 되었다. 그러자 병지가 필, 웃으며 하는 말이었다.

"실레이기는 합니다만 허구 많은 직업 가운데 왜 하필 소설가를 택하게 되었소?"

예상치 못한 질문에 소설가는 대답을 못하고 허허허, 하고 웃기만 했다.

옆에서 필무가 한 술 더 떠서 하는 말이었다.

"소설은 왜 쓰는 거요? 무엇 때문이요?"

그때 소설가가 하는 말이었다.

"소설을 왜 쓰는지 그건 나도 모릅니다."

"그게 무슨 말이요?"

"언젠가 내 자신한테 나도 한 번 물어 보았지요."

"그래. 뭐라고 하던가요?"

"자신도 모른다고 하더군요."

그때 병지가 다시 끼어들었다.

"소설을 쓰신다니까 죽음에 대해 어떻게 생각하는 가요?"

소설가는 난감해 하다가 짓궂은 질문인 줄 알지만 대답한다는 표정이었다.

"본래 죽음에는 아무런 의미가 없는 것 아닌가요? 죽음이란 이 세상으로 오며 비워 놓았던 자리로 되돌아가는~~, 자신과 헤어지는 것일 뿐이니 말이요."

그러다 해가 넘어 간다는 것 때문에 소설가는 서둘러서 돌아가고 말았다.

그림자의 절규

#〈 〉

"우리, 여기에 방을 몇 개 더 넣는 게 어떨까?"
"그거 괜찮은 생각이야. 공간은 얼마든지 너르니 말이지."
"그래 다들 노는 셈치고 시름시름 돌이며 흙이며 목재들을 모아서 우리 힘으로 한 번 해 보자고. 안 되는 일 뭐있겠냐."
"그래. 좋았어."
의견은 그렇게 모아졌다.
그들에게 처음부터 집을 짓는 솜씨는 있지 않았다. 뚝딱뚝딱해서 집이 되는 것은 아니지만 그러나 집이 되어 갔다. 흙과 돌을 버무려서 토담을 쌓아 거기에 기둥을 세우고 지붕을 덮은 다음 부엌에서 불을 때니 굴뚝으로 연기가 풍풍 치솟았다. 그리하여 갈

데없이 집이 되었던 것이다.

맙소사 이렇게 해서 집이 되다니. 그들은 스스로를 감탄하게 되었다.

"이거 우리들만의 십승지+勝地로구나?"

"이제 누구의 간섭도 받지 않는 우리들만의 세상, 유토피아지야."

"맞아. 너에게는 십승지, 나에게는 유토피아……. 우리 이제 여기에 차별 없는 세상을 건설하자고~."

"그래. 차별 없는 세상~. 우리들만의 유토피아."

"그 보다 샹그릴라가 어때? 더 좋지 않냐?"

그들은 어린애들처럼 들떠서 제각기 떠들어 댔다.

필무와 병지가 그렇게 대견해 하자 마휘가 한마디 했다.

"우리에게는 돈도 시간도 극히 제한적이야. 그래서 이건 우리를 배척한 세상으로부터 홀로 서기라고 하겠어. 그래서 우리는 여기서 꼭 성공해야 해. 우리는 물러 설 곳이 없어. 이게 우리들의 한계이고 운명이야. 차별 없는 세상은 우리가 꿈꾸던 세상이 아닌가. 그 세상을 위하여 우리는 모든 것을 다할 것을 다짐하자고~."

그때 마휘가 하는 말은 비장하기까지 했다.

"그래. 좋아 우리들만의 세상!"

화목용으로 나무를 구하려 산으로 갔다가 바람에 넘어지거나 고사목이 된 목재들을 보아놓은 게 단초였다. 며칠간 산을 헤매던 끝에 목재는 제법 모으게 되었던 것이다. 그때부터 톱으로 쓸고 도끼로 다듬고 못을 박고 망치로 두드리고 뚝딱거려서 방 두 개짜리가 웬간이 형태를 갖춰가던 것이었다.

"사람 사는 게 이런 것 아니겠냐."

이마의 땀을 쓱 문지르며 필무가 대견해 하던 나머지였다.

다음 날은 또 있었다.

병지가 나가더니 심불암이라고 적힌 나무 말뚝을 뽑아왔던 것이다.

"우린 중이 아니니 인제 암자가 아닌 다른 것으로 써서 세우자고~."

"맞아. 그래 좋겠어."

"뭐로 할까?"

마휘가 필무의 의견을 구했다.

"……그러니까, 낙토원樂土園이 어떨까?"

"낙토원 보다 낙원촌樂園村이 좋을 것 같아."

병지가 거들었다.

"그래. 그걸로 하고 여기에 당호堂號는 다른 걸로 걸자고."

"히야. 당호까지?"

"그래. 동네는 낙원촌으로 하고 당호는 따로 짓지는 거지."

"낙운당洛雲堂 어때? ……구름을 낚는 집…, 세상, 멋지잖아?"

"좋았어. 낙운당!"

병지가 뽑아 온 심불암 나무 판때기는 다시 깎여서 낙원촌이라 쓰게 되었다. 나무를 깎는 이때의 병지는 갈데없이 도필리刀筆吏였다.

"땅을 파고 토담이라도 세우려면 손 없는 날을 골라 개토제開土祭라도 지내야 하는 것 아냐?"

"그런 것, 없어."

며칠을 끙끙거린 끝에 번듯하게 집이 되었다.

바닥재를 깔고 헌 신문지라도 벽지를 바르는 일은 앞으로 며칠이 더 걸릴 것이었다.

"자, 이제 여기서 우린 벌도 좀 치고 닭도 기르고 염소도 키우는 것, 어때? 그걸로 우리들의 필연사업으로 말야."

"히야! 그거 멋지겠는 걸."

"갈 데 없이 화전민 노릇이잖아?"

"그래, 됐어. 앞으로 우리 계획은 양봉업을 목표로 한다는 것~."

"여기가 꿀과 젖이 흐르는 땅으로~. 그러고 보니 여기가 그 가나안의 땅이지 않겠냐."

"아니지. 우리는 인제 목축업牧畜業자가 된다는 것이지. 우리들의 꿈을 향하여!"

"그래. 꿈을 향하여!"

"우리를 배척한 세상과 당당히 맞서는 그것 아니겠냐."

비록 초라한 토담집이지만 자신의 손으로 흙 묻히고 땀 흘려서 세웠지만 한숨 돌리고보니 이렐 데 없이 대견하던 지라 마휘는 잃어버린 자신의 인생도 이렇게 건설하면 되지 않을까 하는 생각을 하게 되었다.

그때 필무와 병지가 모아섰다.

"우리가 말야. 탄광에 취업 잘 안했어. 했어 봐야 지금까지 그대로 광부 꼴이었을 테고 막장에서 석탄과 씨름하는 광부밖에 더 되었겠냐."

"그래. 새옹지마塞翁之馬야."

그때 마휘가 하는 말이었다.

"우리는 어렵고 힘들었지만 여기까지 오게 되었다. 그동안 좌절도 많았고 눈물도 많이 삼켰던 거지. 그래서 비록 오늘로써 우리의 목표가 이루어진 것이라 할 수는 없지만 해 보자는 새로운 결의며 의욕은 되찾게 되었으며 그것으로나마 위안으로 삼을 수 있지 않을까 하는 거지. 인제 우리는 무엇을 버리고 무엇을 선택해야 한다는 것쯤은 살아 온 경험을 통해 알게 된 것이라고 할까. 그래서 삶의 목적 또한 세워서 목적이 있는 삶을 선택해 힘들지만 덧없는 세상이나마 가치 있게 살기로 하자고~. 그리하여 모두를 사랑하고 그 사랑을 실천하는 방향으로 말야. ……나 보다 세상을 사랑하며 이웃과 모두를 사랑할 것을 다짐하자는 거야. 어때? 이것이 내 삶의 헌사獻辭라는 것……."

어떻게 들었는지 필무와 병지가 박수를 쳤다.

"이 세상에 하느님은 없는 게 분명해. 있다면 나 같은 사람을 이렇게 몰라보지는 않을 텐데 말야."

병지가 하는 말이었다.

"몰라보지 않으면 어떡할 건데?"

"어떡할 거야 뭐가 있겠냐. 나 같은 사람을 왜 몰라보느냐 그거지."

"알아보면 어쩔 건데?"

필무는 병지를 상대로 끝까지 깐죽거리고 있었다.

"쓰다 남은 운 같은 건 없나 해서야."

"하느님한테 운이 있을까?"

"그러잖아. 하느님은 언제나 굽어 살피시어 일용할 양식을 주신다고 했거든~."

"바라지 말어. 너 말고도 착한 사람은 수두룩해서 네게 돌아 올 운은 없을 거야."

다음 날은 병지가 엉뚱한 일을 하기도 했다.

마당 끝에 있는 바위를 걸타고 앉아 숯덩이로 나무판대기에 무언가를 그리고 있던 것이 병지였다.

"뭐 하냐?"

필무가 다가갔다.

"응. 가슴이 너무 삭막해서 깃발 하나 걸까 해서야."

"깃발? 무슨 깃발이 그렇냐? 나무판대기 아냐?"

"응 가슴에 매다는 깃발은 본래 나무판대기로 만든다고 했어."
"아셔라. 난 그런 소린 듣지 못했어."
"텅 빈 가슴에서 한 세상을 향해 끊임없이 흔들려면 이 정도는 돼야 하지 않겠나."
그러면서 병지가 숯덩이로 오리야 길이야 그려 붙인 판대기에는 가슴에 꽂을 수 없는 험상궂은 글씨가 빨랫줄에 널린 옷가지처럼 널브러져 있었다.

……세월이 깊을수록/ 쌓여가는 그대 생각/ 어울려 같이 놀며 꽃씨처럼 쏟던 정이/ 오늘 밤 달빛이 되어/ 옷자락에 젖는구나…….

민홍우 詩: 제목[未詳]―부.

필무가 새삼 다시 물었다.
"그걸, 어디다 걸 참이냐?"
"내 가슴에~~."
"못내 펄럭이는 그 깃발, 무겁지 않겠냐?"
"무거운들 어쩌겠냐. 삶도 지고 사는데~~."
"그 보다는 이게 어떠냐?"

…………삶이 그대를 속일지라도

슬퍼하거나 노여워 말라……….
푸시킨 詩: 제목[未詳] 一부.

"에게 게, 그거 이발관마다 거울 위에 걸린 것 아냐?"
"이 히힛."

〈   〉

"저, 저것 봐. 저거, 멧돼지 아냐?"
"뭐, 멧돼지?"
"어디, 어디?"

급히 달려 나온 필무와 마휘가 눈이 휘둥그레져서 두리번거리자 정말 저기에 덤불이 들썩들썩 하던 것이었다.

병지가 가리키는 저만치 덤불 속에서 무엇이 움직이다가 꿈틀거리는 것이 분명했다.

모두 숨을 몰아쉬며 그쪽을 주시하게 되었다.

멧돼지라면 잡거나 쫓아야 했다. 잡으려 해도 그들에게는 수렵용 총이 있지 않았다. 그래서 멧돼지와 맞닥뜨리면 피해를 볼지 모를 일이기도 했다. 그러지 않으려면 잡거나 쫓아버려야 했다. 그런데 쫓아낸다고 달아날지는 알 수 없는 일이었다. 그래서 얼른 챙긴다는 것이 어설프게도 기껏 몽둥이 정도였다. 몽둥이 정도로 멧돼지를 어쩌겠는가.

멧돼지가 두려워하기나 할까.
그랬는데 세 사람이 주시하고 있는데 덤불 속에서 다시금 굼틀하던 것으로 멧돼지가 아니라 사람인 듯했다.
세 사람이 동시에 숨을 흑 몰아쉬면서 다시금 주시했을 때 사람이 분명했다.
"헉? 사람이?"
그랬다. 사람이었다
"사람이닷?"
사람은 일어선다는 것이 쓰러지는 모양이었다. 배낭을 메었지만 걸음을 떼지 못했다. 덤불 속에 그대로 쓰러지던 것이었다.
세 사람은 똑 같이 헐레벌떡해서 달려가게 되었다.
아니나 다를까. 젊은 여자였다. 덤불 속에 쓰러진 여자는 숨을 헐떡거릴 뿐 제대로 눈도 뜨지 못하지 않겠는가. 얼굴은 여기저기가 찢어져 피가 흐르고 입술은 터지고 뿐만 아니라 찢기다 시피한 형국이며 나뭇가지며 덤불에 할켜서 얼굴 군데군데에 피가 맺혔고 머리채는 산발을 한 것이나 다름이 없었다. 마치 유령을 보는 것 같았다. 여자의 모습은 무서웠다. 그렇지만 첫 눈에 위기라는 것을 알아차린 그들은 여자를 일으키려 했다. 두 사람이 양쪽으로 부축해 일으켜 세우려 했으나 여자는 물먹은 종이장이었다. 그래서 그냥 축 늘어질 뿐이었다.
여자에게서 배낭 벗기고 걸대가 좋은 병지가 들쳐 업기로 했다.

여자는 눈만 못 뜨던 것이 아니라 말도 하지 못했다. 기력이 완전 소진된 상태였다.

땀을 흘리며 여자를 업어다 방에 눕히고 급한 대로 설탕물을 끓여 숟가락으로 떠먹이게 되었다. 여자는 설탕물을 몇 번 받아 삼킨 뒤에 잠에 떨어지던 것이었다.

여자가 깨어난 것은 그로부터 거진 한 나절이 훌쩍 넘긴 다음이었다. 눈을 뜬 여자가 정신을 차리며 가만히 두리번거리던 끝에 간신히 하는 첫 마디는 마치 외계인 같은 소리를 했다.

"여기…, 여기가 어디예요?"

여자의 말에 다들 대답을 얼른 하지 못했다. 그런 질문을 하리라고 예상하지 못했기 때문이 아니라 거기가 어디라고 말을 하기에는 그들로서도 준비가 되어 있지 않았던 처지였기에 그랬던 것이다. 아니, 어쩌면 훈련마저 되어 있지 않았던 것인지도 모를 일이었다. 말하자면 상대가 여자라는 사실로 해서 그들 속에는 받아들이면서 거부하는 그런 어떤 복잡한 이중심리적인 작용이 일을 그렇게 만든 결과라고 하는 것이 더 합당한 논리일지 모를 노릇이기도 했다.

사실 그들도 거기가 어디인지 명확하게 알지 못했던 것으로 말이다. 말하자면 그들 역시 기실 좌표 잃은 배나 다름없던 처지라 여자나 별반 다르지 않았던 것이다.

필무가 나서며 대답을 했다.

"여기도 사람 사는 곳이니 걱정할 건 없어요. 걱정은 안 해도 돼요."

그 말에 여자는 다소 안심하는 표정이 되었다. 머리맡에 놓인 이제는 식었지만 끓였던 설탕물을 당겨 대접 채 그대로 벌컥벌컥 들이키던 다음이었다.

"사, 사람 사는 곳이라고요?"

어째선지 여자의 그 말은 그들에게는 생소하던 것이었다.

"왜요? 왜 그래요?"

병지가 다그치며 물었다.

"이틀, 이틀 만에 사람을 처음 만났거든요."

"호오……. 그래서요?"

모호했지만 앞뒤 없이 그렇게 말한 것은 필무였다.

그때는 여자의 얼굴에 안도의 빛이 도는가 하더니 웃음기마저 떠오르던 것이었다.

"……사람을 만난 게 몇 십 년만인 것 같아서 그래요."

그런 다음 여자가 갑자기 울기 시작했다.

"얼마나……, 사람이 얼마나 소중한지 몰라요. ……아무도 없는 산 속에서 깜깜한 어둠……, 사람을 찾아 헤매었거든요. 흐, 흐 흑 흑……."

비록 여자의 하룻밤 고행이었지만 듣는 그들로서는 충격이 적지 않았던 것이다. 이유는 사람이 귀중하다던 것으로 그랬다.

여자가 울음을 그친 것은 한참 후였다.

"그런데 어떻게 된 겁니까?"

궁금하던 끝이라 그렇게 물은 것은 마휘였다.

"……등산을 갔다가 일행을 놓치고 길을 잃었던 거라고요. …… 그때는 단순히 혼자지만……, 그냥 내려가면 되겠지 했는데 아무리 가도 길은 없고……, 일행은 보이지 않고……, 소리를 질러 봐도 대답도 없었어요. 그러다 날이 어두워지고……."

"저런. 그래서요?"

"……날은 어두워지고……, 그때부터 와락, 무서워지더라고요. ……정말, 정말 무서웠어요."

여자는 그때 일을 생각했는지 그만 다시 울기 시작했다. 그러자 정작 당황해진 것은 지켜보던 마휘 쪽이었던 것이다.

그러고 보니 그랬다. 이 부근 어디에도 등반로는 있지 않았다. 그랬다면 엉뚱한 방향에서 여자는 길을 잃고, 혼자서 길도 없는 산 속을 헤매었다는 것이지 않겠는가. 밤새껏 혼자서 헤매었다면 죽지 않은 것만은 여간 다행이 아니었다.

마휘는 여자가 울음을 그치기를 기다렸다가 다시금 묻게 되었다.

"아휴. 그래서 어쨌습니까? 혼자서 밤새 산을 헤맸단 말입니까?"

"아니에요. 헤매는 게 뭐예요. 무서워서 어쩔 줄을 몰랐죠. 숨도 쉴 수가 없었다고요. 그래서 바위틈에 웅크리고 앉아 견디기로 했지요. 밤은 또 어떻게나 길던지……. 난 그렇게 무서울 줄을 몰랐어요. 정말, 정말 무서웠다고요."

"무서운 거야 당연하지 않았겠습니까. 그래도 잘 견뎌냈습니다."

"그런데 온갖 소리가 다 들리더라고요."

"무슨 소리가요? 구조하러 오는 소리는 들리지 않던가요?"

"구조가 뭐예요. 구조하러 오리라고는 생각도 못했어요.……바람이 쉭~ 하고 지나가면 어디선가 사람 소리가 와작와작 나고요 그러면 또 무슨 짐승 소리 같은 게 나고……. 귀신인지 사람인지 휙~, 하니 지나가고……."

여자의 말은 종잡을 수가 없었다. 어째 보는 때면 정신이 반쯤 빠져나갔던 터라 지산가산 없이 하는 소리로 짐작할 수밖에 없었다. 그러던 여자가 마휘를 향해 기습적으로 묻던 것이었다.

"다들 여기서 뭐 하는 거예요?"

이번에는 마휘가 대답을 못하고 허둥대게 되었다.

명확하게 해명을 하자면 뭐라고 해야 하던지 알지 못하던 것으로 말이다. 그래서 얼버무린다는 게 그 소리였던 것이다.

"그러니까…, 그러니까, 우리는 화전민이지요."

엉겁결에 한다는 소리가 그렇게 되었다.

"이 산 속에……, 화전민이 어디 있어요? 이런 중에서도 이번에 한 가지 좋은 경험을 하게 되었다고요. 사람은 절대로 혼자 사는 게 아니라는 것 말예요."
"그러니까, 말을 하자면 우리는 삶의 화전민이라고 할까요."
반쯤은 장난으로 하는 소리에 다름 아니었지만 분위기로 해서 이때의 그 말은 결코 장난처럼 들릴 수가 없었던 것은 주파수가 맞지 않던 것으로 그랬다.
그때 밖에 나섰던 필무와 병지가 산을 가리키며 소리를 질렀다.
"저기, 저기에 사람들이 내려오고 있어. 보라구."
마휘가 나오자 일군의 사람들이 무엇을 찾는 것처럼 하고 덤불 속을 뒤지듯 하며 내려오고 있었다.
병지가 그들을 가리키며 큰 소리로 말했다.
"저 사람들, 조난자 구조대가 아닐까?"
"맞아. 그런가 봐."
이구동성으로 그러다 방안의 여자를 향해 말했다.
"아마 구조대가 찾아오는가 봐요. 당신을 찾으러 온다고요."
얼마지 않아 구조대가 닥쳤다.
그들은 여자를 무사히 구조대에 인계하게 되었다.
그리하여 구조대는 여자를 구조해서 무사히 돌아갔다.

〈 〉

구조대와 함께 떠났던 여자가 다시 찾아 온 것은 그로부터 며칠이 지나서였다.

다시 찾아왔을 때 여자는 몰라 볼 만큼 멀쩡한 모습이었다.

여자는 건강했다. 그러면서 다시 찾아 온 명분이 고마운 보은報
恩을 어떻게 갚을까 하는 마음이라 했다. 듣기로는 이쪽에서 되례
면구스러울 지경이었다.

"한 시도 잊을 수가 없었어요. 무엇으로 갚으면 될까요?"

"뭐 그럴 것 없어요. 괜히 과분한 말씀은 오히려 우리가 면구스
러운 걸요."

마휘가 나서며 그렇게 인사치례를 했으나 생뚱맞은 감도 없지
않았다. 그랬지만 여자는 오불관언, 막무가내였다.

마휘의 인사치례에도 여자는 호들갑스럽도록 늘어놓던 것이었
다.

"아니에요. 아니에요. 무슨 말씀을요. 댁들이 아니었으면 나는
지금쯤 고혼이 되었을 거라고요. 그리고 이렇게 살아 있지도 않을
걸요. 그걸 생각하면 뼈를 깎아서라도 갚을 길이 없다고 생각해
요. 뼈에 사무치는 그 고마움을 인간으로서 어찌 잊을 수가 있겠
어요. 우린 인간이잖아요."

말은 맞은 것이지만 과한 것은 역시 과하던 것이었다.

"과한 말씀 아닌가요?"

"과한 말씀은요. 나는 이제 제2인생을 사는 것 아니겠어요? 그래
서 생명이 있는 한 그 은혜 갚는 일에 혼신을 다할 거예요."

"너무 고마워할 것 없어요. 당신의 어려움이 가진 것 없는 우리

들로 하여금 도움을 베풀 수 있는 기회를 주었다고 생각하는 때면 우리가 오히려 고마워해야 할지 모를 일이지 않겠습니까."

그러자 여자의 눈이 커다랗게 되었다. 말은 점점 더 과분해지던 것이었다.

"어머머. 어디에 하느님 같은 그런 말도 하시다니~."

"그러니 너무 과분한 말씀은 안 해도 된다, 그겁니다."

숨을 돌린 여자가 다시금 하는 말은 사람을 또 한 번 당황하게 했다.

"그런데 왜 여자 분은 한 사람도 없나요?"

난감했다.

"남자들만 모였으니까요."

"여자 없이 남자들만 어떻게 살아요?"

그 말에는 마휘 쪽에서 당황해 해야 할 노릇이었다. 그래서 말도 안 되는 소리를 말이 되는 것처럼 해야 할 지경이었다.

"우린 남자들로 태어났기 때문이죠. 그래서 남자들만 사는 겁니다."

"어떻게 해요. 세상에~, 여자가 없다니. 불쌍해라. 그럼, 내가 세 분에게 아침저녁 밥을 해 주는 공양주 노릇을 하면 어떻겠어요. 괜찮겠죠?"

여자는 정말 생각지도 못한 제의를 하던 것이었다. 그래서 너무 놀란 나머지 모두 잠시 말을 잊고 입까지 닫은 채 멍해지고 말았다. 그렇게 해서는 안 되는데 그렇게 되는 데는 오랜 시간이 필요하지도 않았다.

그때부터 여자는 떠억 하니 공양주를 자처하며 주방을 차지하고 드는 데는 대책이 없었다.

어떻게 어물거리다 안 되겠다고 할 수 없는 사이였다. 아니, 안 되겠다는 소리가 누구의 입에서도 나오질 않았던 것은 뭔가 야박한 것 같은 일말의 어떤 배려 같은 것 때문이기도 했던 것이다.

그렇게 잠시 시간이 흐르면서 여자의 제의를 받아들이는 쪽으로 결론 아닌 결론이 되고 말았던 것이다. 우물쭈물하다 그렇게 되었다.

"그, 그렇지만 여기는 여자 분이 거처할 만한 처소도 없는 데 어떻게 하죠?"

뒤늦게야 그런 소리쯤 해 보았지만 소용이 없었다.

"에잇, 괜찮아요. 이렇게 든든한 장정들이 셋이나 있는데 여자 하나쯤 무서울 게 뭐가 있겠어요. 아무 염려마세요. 난 어디서나 괜찮아요."

여자의 막무가내 앞에 할 수 있던 것은 겨우 그 말이 전부였던 것이다. 그뿐이 아니었다. 여자의 말은 거침이 없었다.

무슨 뜻이었던지 마휘를 향해서는

"어머. 내면에서 광채가 불빛처럼 번뜩거리는 걸요. 세상을 달관하신 것 같은……"

도무지 어울리지 않은 말까지 하던 것이라 당황하지 않을 수 없었다.

며칠이 지나면서 그렇듯 여자는 이제 식객이 아니라 어엿한 식구가 되는 것 같았고 그때서야 비로소 다들 문제점을 절감하게 되었다. 하여간 하루 이틀 정도는 몰라도 장기간이 되면서 문제는 문제로 드러나던 것이었다.

어떻든 일은 생각지도 않은 방향으로 흘러가는 꼴이었다. 거기에는 침묵과 방관으로 지켜보고만 있던 필무나 병지가 그 분위기에 일조를 하지 않았던 것이라 할 수는 없었다.

필무와 병지가 뭐라고 전혀 관여 않다고 해서 그들만 또 나무랄 수가 없던 것은 마휘 역시 그 국면에서 이렇다 하는 결정을 내린 바 없이 입을 닫은 채 지켜보고만 있었던 것에는 두 사람과 크게 다르지 않았으니 말이다. 그래서 그들 모두가 동조자는 아니더라도 책임은 면할 수 없는 처지라 할 수 있었다.

곰곰이 생각하는 때면 만약 여자가 거기에 합류하는 때면 분위기는 또 어떻게 달라질지 모를 일이기도 하던 것이었다. 그 같은 생각은 다들 똑 같이 공유하던 것이라 뭔가 서로 미루던 나머지 일은 그렇게 되어갔던 것이라 할까.

일테면 그들 셋이 나란히 바위 위에 누워 하늘을 바라보며 멀고 아득한 하늘에 떠가는 구름을 두고 어린 시절의 한 때와 다르지 않은 소리를 하던 그런 시간도 이제 즐길 수 없는 일이지 않겠는가 하던 것도 그 하나였던 것이다.
 시간이 지나면서 여자가 전혀 필요 없는 존재는 아니라는 것까지 확인하는 데는 그다지 오랜 시간이 필요하던 것은 아니었다. 그러니까, 남자들이 하던 일을 여자가 도맡아 한다든지 같은 재료로 된장을 끓여도 남자들 솜씨하고는 그 맛이 다르다든지 하는 뭐 이런 것 저런 것의 그 차이는 도저히 같다고 할 수는 없었다.
 그렇지만 여자는 어디까지나 외부인이고 이방인이었던 것이다. 그래서 세 사람에게는 고민 꺼리로 치부될 수밖에 없었다. 누가 봐도 여자는 오순도순한 분위기의 저해요인이었으니 말이다.
 일테면 세 사람이 격이 없이 나란히 누웠을 때 누가 구시렁거리며 이런 말을 했을 때 말이다.
 "여기를 우리들 터전으로 만들어도 될까?"
 이런 말은 비밀은 아니지만 남들이 듣기에는 다소 문제가 있는 말일 수 있었다. 그러나 세 사람 사이에는 스스럼없는 통상적인 대화였던 것이다. 그 차이는 보이지 않았지만 거북함은 어떻게 할 수는 없었다.
 그들끼리는 예사로 하던 말들을 두고 그녀가 외부인이라는 관념의 작용은 쉽게 처리되지 않았다.
 이때도 그들끼리 하게 된 말이었다.
 "어디면 어떠냐. 어디든 정들고 가꿔나가면 터전이 되는 것이지. 소중히 여기는 때면 어딘들 안 될 리가 있을라구……, 우리도 샹그릴라를 만들면 되잖아."

그런 대화가 그들에게는 꿈이 곧 이루어지는 것만 같은 기분에서 하는 말이었고 또 그리하여 생각나는 대로 하게 되었던 것이지만 여자가 있으면서 뭔가 아니었던 것이다.

"그래. 맞아. 지금까지 우린 홍수에 떠내려가던 갈대 뿌리나 다름 아니었지 않았는가. 그런 불량자 같은 생활이었다면 이제 그 갈대 뿌리가 수중에서 모래를 만나 겨우 붙들게 된 거라고 할까~. 그래서 여기가 우리들이 뿌리를 내리는 곳이 되도록 하자고~. 우리들 삶은 우리들 스스로 강인하다는 걸 보여야 해."

"그래. 여긴 이제 우리들 터전이야. ……그래서 하는 말이라면 우리는 욕심 부리지 말고 오만하지 말고 사람으로서 사람 같이 살자는 거야."

그들은 며칠 동안 덤불을 걷어내고 돌을 역사役事해 땅을 다지고 그리하여 얼안이 웬만하게 잡게 되었다.

"이렇게 하자고. 닭장은 여기에~. 그리고 여기에는 염소 마구간으로 하고 나머지 이만큼은 텃밭으로 말야, 상추며 무·배추 등을 심는 것으로……. 어때? 될법하냐?"

"그렇게 하면 될까."

그랬지만 의견은 모아지게 되었고 계획은 계획으로 되어가던 때였다.

여자가 끼어들었다가 필무와 입씨름이 벌어졌던 것이다.

"터는 언제 닦고 닭장이며 돼지우리를 언제 짓는단 말예요?"
그러자 필무가 하는 말이었다.
"뭐, 바쁜가요? 하는 데까지 해 보는 거죠. 세월이 좀 먹는 것도 아니고……, 우공이산愚公移山처럼 세월과 더불어 살아가며 하는 일이지 않겠소."
"살아가며 할 일이 따로 있지. 겨울이 오고 또 봄이 오고 할 텐데요?"
"그러면 어떻소? 슬~ 슬 놀며 하는 게 우리들 일인 걸."
"에잇. 무슨 말인지 모르겠네. 내가 하는 말은 계절은 바쁘게 변하니 빨리해서 일을 끝내자 그런 말이죠."
"그건 알겠소. 언제 죽을 지도 모르는 인생, 일만 하다 죽는 건 억울하지 않겠소."
"어머. 그 나이에 무슨 말씀이 그래요? 너무 급발진 아닌가요? 아직 남아 있는 나날이 더 많은데~~. 어울리지 않게."
"사람이 죽으면 어떻게 되는지 알아요?"
"몰라요. 아직 죽어 보질 않아서 몰라요. 죽는다는 건 무서워요."
"무섭다는 건 죽음을 모른다는 소리인데~. 알고 보면 죽음은 구원이라고 하지요."
"쳇. 죽어봤어요?"
"아뇨. 그렇지만 조금 있다 체험하게 될 테니까요."
멀리서 마휘가 그만하라는 신호를 보냈던 것으로 끝을 보았다.

그랬는데 여자 한 사람이 끼어들고 보니 어찌된 셈인지 그들 세 사람 사이에도 알게 모르게 서먹한 기운이 감돌던 것이라 마휘는 며칠째 생각하는 게 그 문제였던 것이다.
"안 되겠어. 여자를 돌려보내야 할 것 같애."
마휘가 병지를 붙들고 은밀히 꺼낸 말이었다.

〈 〉

그날 사람들이 찾아왔던 것이다. 세 사람이었다. 그들은 자기들을 군청(郡廳) 국토건설담당 공무원들이라고 했다.
여자도 멀뚱해서 그들을 지켜보고 있었다.
"우리는 무단 점유로 불법계간을 단속하러 군청 국토건설과에서 나왔습니다."
마휘와 필무는 영문을 몰라 어리둥절해서 그들을 바라보는데 내밀던 것은 계고장이었다.
"이곳은 국유지로 누구도 무단 점유며 불법 계간은 허용되지 않습니다. 이 계고장에 제시된 대로 기한 내에 원상복구하고 철수하기 바랍니다. 만약 그렇지 않을 경우, 법에 의하여 강제 철거를 시행할 것은 물론 의법조처 할 것입니다."
그러면서 군청 관리들은 기둥에다 계고장을 붙였다.
마휘, 필무, 병지 세 사람은 그들이 하는 대로 보고 있을 수밖에 없었다. 세 사람에게는 이 무슨 아닌 밤중에 홍두깨인가 했지만 현실은 현실이었다.

"아니, 여긴 암자가 있던 곳인 걸요. 우리는 그 암자를 관리하다 주위를 조금 넓히게 된 것 뿐이라고요."

"암자는 종교시설이라 부득이 묵과했던 겁니다. 그런데 항공촬영에 이곳은 종교시설이 아니라는 판정이 내려진 것입니다."

손 놓을 수 없는 문제를 손 놓게 했다.

마휘며 필무, 병지 등 세 사람으로서는 억장이 무너지는 일이 아닐 수 없었다. 정신까지 아득해지며 진공상태에 빠지던 것이 그때였다. 그동안 바라고, 그리하여 공든 탑이 그만 한꺼번에 무너지는 꼴이지 않겠는가. 아무도 간섭하지 않고 누구의 속박도 받지 않으리라는 생각이었는데 그게 아니었다.

하긴, 이 대명천지에 주인 없는 곳이 어디 있으랴.

"우리는 이 땅을 조금 일구다 여기에다 그냥 둘 것입니다."

한참만에야 마휘가 간신히 사태를 정리한 다음 군청 직원에게 하는 통사정이었다. 그때 마휘의 말은 애절한 호소에 다름 아니었던 것이다.

"혹시 무슨 방법이 없을까?"

군청 직원은 관리였다.

"방법이라니요?"

군청 직원은 펄쩍 하는 표정이었다.

"우리 사정이 딱해서 그럽니다. 탄광에서 나와 여기 무공 스님이 거처하던 암자가 비어 있기에 잠시 머문다는 것이 그렇게 되었습니다. 당장 갈 곳이 마땅하지 않는다는 것 때문에……, 우리가 여기에 영원히 살 곳도 아니고……, 그러니 조금만 봐 주시면 준비가 되는 대로 우리 손으로 원상복구를 하도록 하겠습니다. 그러니 사정을 좀 봐 주십시오."

안 된다는 것이 공무원 마인드라는 걸 마휘도 모르지 않았지만 두 어깨로부터 내려앉는 좌절감에 눌려 자존심 상하고 비굴한 줄도 모르고 그렇게 통 사정을 했던 것이다.

애원에 가까운 말이었지만 군청 직원은 시큰둥한 반응이었다.

"이런 업무를 하루 이틀 본 게 아니라 잘 압니다. 누구나 그런 사정을 말합니다. 당장 죽을 것처럼 말이요."

군청 직원의 그 말에 더 말을 할 용기가 없어지고 말았다.

마휘는 그저 앞이 막히는 것만 같았다. 그래서 마휘는 더 말을 할 수가 없었다.

그때 밀려오던 것은 앞이 보이지 않는 세상이었다. 깊은 터널을 헤매다 겨우 저기에 끝이 보인다고 생각했던 일이 무너지는 것 같은 기분이기만 했다. 꿈꾸어 오던 희망이 상처 입은 정도가 아니라 무너지는 것만 같았던 것이다. 그래서 비굴하거나 자존심 상한다거나 하는 따위는 돌아보지 않으려 했는데 그게 아니었다.

그때 기적 같은 일이 일어났던 것은 남자 두 사람이 나타나면서였다. 한 남자는 손에 조그만 노트와 볼펜을 쥐고 있었고 뒤 남자는 어깨와 목에 카메라를 줄줄이 걸고 있는 것으로 보아 아마 무슨 기자들 인듯 했다.
그들을 알아보던 사람은 여자였다.
"어머, 여기까지 오셨네요."
"안녕하셨어요."
여자는 또 한 번 그 소리였다.
마휘며 필무, 병지까지 여자를 보고 있었다.
그러자 모두를 둘러보며 여자가 하는 말이었다. 방금 거기까지 들어서는 두 사람을 두고였다.
"이 분들은 여기 지역신문사 기자 분들이에요. 저 번에 내가 조난당했다 구조된 사연이 알려지면서 미담기사로 대대적으로 났었거든요. 그랬는데 오늘 그 여담을 취재하러 왔다는 것 아니겠어요."
여자는 앞장서서 그렇게 소개말을 했다.
그러자 기자 한 사람이 여자를 향해 하는 말이었다.
"아휴, 그래 인제 건강한가요?"
"네, 건강에는 이상이 없는 걸요."
"다행입니다."
그 틈에 군청 직원들은 그만 돌아가겠노라며 황망히 떠나게 되었다.
카메라를 메었던 사람은 여기 저기 대고 셔터를 눌러 대고 기자라는 사람은 필무, 병지 할 것 없이 붙들고 그때 상황을 인터뷰하 느라 여염이 없었다.
"그때 어땠는지 설명 좀 해 주시지요."
마휘를 붙들고 기자가 취재를 시작했다.
"뭐 알려진 대로죠. 그 이외에는 달리 할 말도 없습니다."
기자들은 여기저기 사진도 열심히 찍었지만 고개를 끄떡이며 받아 적는 데도 열심이었다.
마당에 둘러서서 기자들을 상대로 여자는 그때 상황을 설명하 느라 바빴다. 그러던 여자는 군청 직원들이 돌아가고 기둥에 붙은 계고장을 보게 되면서 여자가 비명을 질렀던 것이다.
"이, 이걸 어떡하면 좋아요? 이런 걸 여기에 붙이다니. 무슨 짓 인지 모르겠네."
그때는 여자의 표정도 굳어진 다음이었다. 그러던 여자가 계고 장을 떼서 꼬깃꼬깃 접어 주머니에 넣었다.
"나도 가야겠어요. 갔다 올 게요."
계고장을 떼서 주머니에 넣은 여자는 돌아가는 기자들과 함께 떠났다. 돌아가던 기자가 만휘한테 귀뜸하기를 여자의 아버지가 이 지역 군(郡)의회 의장이라 했다. 그러면서 기자마저 계고장 문제 는 잘 해결될 것이니 걱정 말라는 뜻을 비치기도 했다.
그들이 돌아가고 필무가 하는 말이었다.
"군 의회 의장이라면 행정가는 아니란 말이잖아?"

"그렇지. 정치 쪽이라고 할 테지."

"권모와 술수가 횡행하는 정차~?"

"안심해도 될까?"

"아니지. 정치란 총 들고 하는 게 아니거든. 정치란 되는 게 없는 역(驛)에서 출발해 안 되는 게 없는 역을 향해 달려가는 열차라고 할까. 그게 정치 아닌가."

그러다 병지가 소리를 버럭 질렀디.

"우리, 비굴하지 말자. 비굴하면 안 돼. 우리가 편하겠다고 비굴해지면 인간이 욕 되는 것 아니겠냐. 우리가 인간을 욕되게 할 수는 없잖아."

"그래. 내가 잘못 한 것 같아."

마휘가 사과 아닌 사과를 그렇게 했다.

"아냐. 누가 꼭 잘못했다는 게 아냐. 우리만 편하자고 그럴 수는 없다 그 말이야."

이번에는 마휘가 소리쳤다.

"그리고……, 포기하면 안 돼. 포기하면 성공할 수 없어. 여기가 우리들 인간의 마지노선이라고 생각해."

"그렇지. 쓰러진 자리에서 일어날 수 있는 힘까지 잃게 되면 안 되지. 거기가 우리들의 마지막이니까."

조금은 흥분하기도 한 그들은 불분명한 대상을 향한 분노를 그렇게 포효했다.

〈 〉

그 후, 며칠이 지나도 군청으로부터 계고장에 대한 언급은 없었다. 그래서 다들 반신반의 하면서도 마음을 조금씩 놓아가던 어느 날이었다.

"여기, 장 서는 데가 어딜까?"

"장은 뭐하게?"

"나중에야 어떻게 되든 저렇게 닭장도 대강 되었고 염소 칠 마구간도 된듯 하니 닭이며 염소 몇 마리는 갖다 넣어놓고 보는 게 어때?"

그런 마휘의 말에 필무며 병지가 반기를 들었다.

"에게게. 이 정도로는 안 돼. 너무 엉성하다니까."

"이게 왜 엉성하냐?"

"산에는 닭이며 염소 따위 가축을 노리는 늑대며 여우가 많거든. 닭쯤 채 가는 매는 번개 같다니까. 그래서 그물망으로 위도 덮어야 할 거야."

그들이 며칠간을 매달려서 땀 흘려 덤불을 제거하고 언덕을 깎고 돌들로 축대를 쌓아 터전을 편편하게 얼안을 잡기는 했으나 반반한 건물은 세우질 못했던 것이다.

"닭을 치려면 철망으로 둘러싸고 그물망으로 위를 씌워서 늑대며 여우는 물론 매도 날아들지 못하게 해야 하는데 그런 조처는 안 했는데 뭘 그래. 우선 자재부터 구입해 와야 한다니까."

이때만은 필무가 제법 아는 소리를 하던 것이라 마휘도 반대할 수가 없었다.

마휘는 요 며칠간 군청에서 혹시 무슨 결정이 오지나 않으려나 하고 짐짓 신경을 쓰고 있을 즈음이었다.

자고 난 아침 짙은 안개가 앞이 안 보일만큼 산을 겹겹이 에워싸고 있었다. 마당 귀퉁이에 놓인 평상으로 나와 앉아있는 병지한테로 다가 간 필무가 앞뒤 없이 하는 소리 소리였다.

"인간으로서 넌 꿈이 뭐였냐?"

무슨 뚱딴지도 아니고 난데없는 그 소리에 병지가 잠시 풍해서 필무를 힐난하는 투로 바라보았다.

"너, 잠을 잘 못 잤구나? 무슨 정신 나간 소리냐?"

병지는 여전히 별로 유쾌하지 않은 얼굴이었다.

"미안해. 지난밤에 잠을 한숨도 자질 못했거든."

"왜? 무엇 때문에 그랬냐?"

"모르겠어. 아무도 없는 사막 같은 벌판을 혼자 헤맸다니까."

"잠도 자지 않고서~?"

"글쎄. 나도 모르겠어. 그냥 뒤죽박죽이었다니까. ……뭐 하는 짓인지, 이게 사람 사는 것인가, 삶이란 건 무엇인가? 온통 그런 생각이었다니까."

"네 그거, 병이다, 병."

"병…?"

"병이면 어째야 하는 줄 아냐?"

"몰라. 어째야 하는데?"

"그건 나도 모르지. 난들 어떻게 알겠냐."

"제길 헐. 이게 무슨 놈의 꼴인지. ……삶이란 게 도무지 헷갈려서……, 죽으라고 고생만하고……. 군청에서는 뭐가 안 오나."

"그런 것은 너만 그러는 게 아니잖아. 가장 비근한 예로 룸비니 동산을 헤매며 괴로워했던 싯다르타로부터 인류 역사상 그 문제에 매달렸던 사람이 어디 한둘이었냐? 그렇지만 누구도 '이게 답이야.' 하는 사람은 없어."

수많은 세월을 거치면서 오늘날까지 저마다 사람들은 풀지 못한 것이 그 질문이 아니었겠는가.

"왜, 왜 그럴까?"

"본래 답이 없는 문제거든. 인간살이 삶의 정체라는 게 그렇잖아. 괜히 뭐가 있는 것 같은 기대를 갖게 해서 이상한 신기루로 사람을 속이는 것뿐이라는 거지. 그러니 그렇게만 알면 착오는 없을 거야."

"그럼, 우리는 정체도 없는 삶을 살고 있다는 것 아니겠냐?"

"그렇지. 있는 것 같으면서 있지 않은 그 정체~. 그저 숨 쉬고 살아서 허덕이고……, 이게 삶이라는 거지. 뭐 별 건 줄 아냐? 그건 다 인간은 착하고 정직하게 살라는 명제命題에 지나지 않을 거야"

두 사람의 등 뒤에서 그들의 대화를 듣고 있던 사람은 마휘였다. 마휘 역시 거기에 명쾌한 답을 가지고 있질 못했다. 다만 마휘는 필무의 고민을 이해할 것 같은 어렴풋한 생각이었던 것이다. 아픔과 상처를 무덤처럼 가슴에 지닌 인간이면서 삶과 화해하지 못해 몸부림치던 것으로 말이다.

병지 말마따나 룸비니 동산을 헤매며 고뇌했던 싯다르타부터 충족되지 않은 삶의 허기로 비롯된 공허감은 사람을 몸부림치게 하던 것일 뿐이었다.

그날, 저녁을 먹은 다음이었다.

어둠이 내린 세상을 보며 마휘며 필무, 그리고 병지까지 모두 마당으로 나와 평상에 등을 대고 누웠다.

하늘이 맑았다. 환한 빛이 가신 하늘에 하나둘 별들이 살아나기 시작했다. 별들이 살아 난 그 하늘이 반듯하게 누운 그들의 가슴으로 내려앉을 것만 같았다.

마휘는 못들은 척했지만 아침에 들었던 필무가 하던 말이 생각났던 것이다. 그래서 우회로 엉뚱한 말을 꺼내게 되었다.

"……지금까지 우리는 정글 같은 세상에서 살았어."

그 말을 받아서 하던 것은 병지였다.

"우리가 그걸 몰랐던 아냐?"

"그래. 그걸 몰랐던 거지. 우리는 그저 세상을 원망하고 저주하는 데만 머물러 있었던 것도 사실이고……."

바람이 지나갔다. 지나가는 바람으로 코끝이 간지러웠다.

"꿈을 잃지 않은 우리들 영혼이 어쩌면 타락한 이 세상을 구할지도 몰라."

"그 생각, 너무 과한 것 아냐?"

"이제부터라도 우리 모두 세상에 대한 삶의 자세를 전환해야 하지 않을까?"

필무가 말했다.

"우리가 세상을 잘못 생각했던 바도 없지 않을 테지. 그러나 그건 법은 언제나 세상의 손아귀에 있고 양심은 아무도 모르는 우리들 가슴에만 있었기 때문이라고 생각해."

밤은 조금씩 어두워져 갔지만 총총한 별들은 하나도 떨어지질 않았다.

"밤은 언제나 내일을 잉태하고 있다는 것~. 그러고 보면 우리들 삶이 꿈꾸었던 세계를 우리는 아직 이루지 못했다는 것~. 어떻게 생각 하냐?"

"어떻게 생각할 것 뭐 있냐. 인간은 어차피 빈손인 걸. 비록 내 지금은 없더라도 열심히 뛰면 쥘 수 있다는 생각이면 되는 거야."

"한 때 우리는 삶이 무너진 인생들이었지. 우리는 그 무너진 삶을 우리의 힘으로 복원한 게 오늘이야. 운명과 불행과의 싸움은 거기서부터 시작된 거라고 할까. ······어쨌든 우리는 삶에 충직하자는 거야. 또 그럴 수밖에 없기도 하고~."

#〈 〉

며칠이 지났지만 증상은 가라앉질 않았다.

그건 여자가 들쑤셔놓은 것으로 해서 그랬던 것이다. 여자는 기자들을 동행해서 돌아갔지만 입에 침이 마르도록 고맙다고 하던 인사는 정작 마휘의 남모르는 상처를 들쑤시던 것에 다름 아니던 처사라 지금까지 가라앉지를 않았던 것이다.

여자는 그냥 하는 소리기 아니었나. 누가 들어도 그랬다. 진정으로 고맙다고 했다. 맞는 말이기도 했다.

그랬는데 여자의 그 고맙다는 소리로 해서 일깨워놓던 것은 남모르는 속앓이에 시달리던 사람으로 정작 마휘였기에 말이다. 고맙다는 인사가 불러온 것은 마휘에게는 그렇게 무서웠던 것이다.

문제는 그것이었다. 죽을 것만 같은 사람을 구조해줘서 고맙다고 한다면 멀쩡한 사람의 생명을 잃게 한 사람은 뭐라고 해야 하던 것일까. 그 앞에 세워지던 것이기에 말이다. 그건 비단 가슴속의 일로 딜레마라고만 할 수는 없었다.

마휘의 발걸음이 멈춰 선 곳은 거기였다.

거기에서 마휘는 며칠째 한 걸음도 움직이지를 못했던 것이다. 갈 길도 돌아 설 길도 있지 않았다. 길이 없는 곳에서 길을 찾지 못하거나 해소할 수도 없는 것은 마찬가지였다.

무엇을, 그리고 어떻게 해야 하는가. 괴롭히던 것은 그것이었다. 그건 삶의 짐이기도 했다.

너무 무겁고 또 불편했다.

저번 어느 날밤 꿈을 꾸기도 했던 것이다.

마휘가 찾아 간 곳은 공원묘지였다. 마휘는 묘 앞에 꿇어앉게 되었다. 그리고 사죄를 하기로 했다. 가슴을 열고 지금까지 하지 못한 말을 하려 했던 것이다. 무릎을 꿇고 마휘가 하고자 했던 그 말들~~, 그 절절한 말들 말이었다. 그랬는데 해괴하게도 말이 없어졌다는 것을 알게 되었다. 그만 깜빡 잊고 말을 두고 오질 않았겠는가.

~아뿔싸. 이게 무슨 짓이란 말인가.

스스로를 힐책하던 끝에 깨고 보니 꿈이었다.

그때 가슴에 간직하지 않아 가져가질 않았던 그 말들의 시체를 장사葬事 지내고자 했으나 항변만 돌아오던 것이어서 마휘는 어쩔 줄을 모르기만 했다. 때 묻은 허접한 그 언어들로 변명을 일삼으려는 따위는 인간을 더욱 누추하게 할 뿐이라는 그 항변 말이었다.

〈 〉

해가 넘어 가고 서늘한 그늘이 내리자 마당 끝에 놓인 평상으로 나와 앉은 마휘를 따라 필무와 병지가 우루루 몰려 나왔다. 그렇게 앉고 보니 그들 모두가 흡사 먹이를 물러나간 어미를 기다려서 오글거리는 제비 새끼들에 다름 아닌 꼴이었다.

그랬는데 그때 그들 세 사람은 똑 같이 한 방향으로 바라보고 있었다.

저기, 산자락이 끝나는 거기로 하루를 다한 해가 넘어가고 타는 듯한 노을이 저녁 하늘을 붉게 물들이면서 펼쳐지던 놀라운 광경으로 해서였다. 그 광경은 장관이 아닐 수 없었다. 그런 노을을 바라보는 그들 얼굴도 붉게 물들고 있었다.

한 동안 노을에 취한 듯하던 병지가 뜬금없이 하는 말이었다.

"내 인생도 언제 한 번 저렇게 불탈 수 없을까?"

표정까지 상기된 병지는 자못 진지하기까지 했다.

"그렇게 말 할 건 아니잖아. 그렇게 말하면 자학自虐이 될 걸."

마휘가 딱하다는 듯 그렇게 말했다.

"아니야. 자학은~. 저렇게 불탄다는 것은 인생이 완성되었다는 뜻이 아니겠나 하는 생각이지."

"그렇다면 지금까지는 그러지 못했다, 그 말인가?"

"지금까지는 그랬어. ……그러니까, 무엇을 하고 살았더란 말인가 하는 의문 앞에 세워져 있는 내 자신과의 싸움 이상은 아니었던 것이라고 할까. 그게 지금까지 내가 걸어 온 삶이었으니 말이지."

그러자 필무가 끼어들며 하는 말이었다.

"그렇다면, 삶의 완성이란 도대체 어떻게 된 경지를 말하는 거야?"

그에 대한 대답은 마휘가 했다.

"글쎄. 뭐라고 할까. 삶의 완성~, 삶이란 리허설이 허용되지 않는 것이라고 했거든. 우리는 그런 인생을 살아 왔잖아. 그런데 인생은 잘못 되었다고 어느 시절로 되돌아갈 수도 없는 것이었어. 그리고 우리들의 삶이란 것이 숙명적으로 그렇잖아. 죽음 앞으로 한 걸음씩 나아가는 도정道程의 과정이기도 하다는 것~, 우리는 죽음을 향해 스스로 갈 수밖에 없는 존재로 태어난 인간이야. 그게 우리들 삶이야. 그런 인간으로서 힘겨운 과정을 통과해 오늘 여기까지 살아 온 자신을 인정하고 위로해 줄 수 있는 여유~, 그게 삶의 완성이 아니겠나?"

"세속적으로 말해서 인생은 한 때라고 했거든. 그뿐이 아냐. 한 번 태어나서 한 번 죽는다고 말야."

병지가 하는 말은 여전히 뒤끝을 흐리고 있었다.

다시 마휘의 말이었다.

"꼭 그렇게 생각해야 하냐? 그렇다면 왜 태어났는가 하는 문제는 생각 안 해 봤냐? 그것도 생각해 봤어야지. 거기에 세속적인 무슨 답이 있을지 모르잖아?"

이번에도 필무가 끼어들며 단연 반대 의견이었다.

"에잇. 삶은 완성될 수 없는 대상이라고 했는걸."

"그래. 한 번 태어나서 한 번 죽지만 세상의 틀 안에 갇혀 차별과 박해를 당하던 게 우리들이었지. 그렇지만 우리는 그것을 거부하는 자세로 살아왔잖아. 그 속에는 세상의 뭇 시선과 비난에서 나를 지키기 위해 싸워 온 것도 사실이야. 하여튼 세상으로부터 우리들 삶을 지켜내고 여기까지 오며……, 나를 나답게 살겠다는 게 우리들이었지. 그런 숱한 인생풍상을 다 어떻다 말할 수 있겠냐마는 그 과정은 과소평가할 것은 아니라고 생각해. ……우리는 타락할 수 없었고, 포기할 수 없었던 삶을 이끌고 오늘의 여기까지 오게 되었다는 것~. 그래서 땀 흘리며 애쓴 삶이 우리에게는 훈장이기도 하다고 할까, 우리들 삶에 대해 충분히 자부심을 가져도 좋다는 생각이야. 결국 삶의 완성이란 그런 결과가 아니겠나. 뿐만이 아냐. 여기까지 와서 생각하니 그래. 우리가 한 인간으로서 생명을 받아 뜻밖에 이 세상으로 왔다는 것은 커다란 행운이라는 생각 말야. 그래서 하는 말이라면 한 인간이 안 울고 태어나는 사람은 없다고 했어. 그렇지만 주위에서는 다들 웃는다고 했지. 그 웃는 게 무슨 뜻이었을까? 인간은 이 굴곡진 세상의 모진 비바람을 견디며 한 세상 사는 동안 보람과 가치로 나날을 채워가는 것은 삶의 충만감이지 않겠냐. 어디에서 어떻게 살든 자신의 하루하루를 충만감으로 채워간다면 그는 실패한 인간이라 할 수 없을 거라고 생각해. 그게 열심히, 열심히 산다는 뜻일 테고 말야. 그래서 난 삶이란 답습이 아니고 창조라고 생각 해. 답습이 아닌 창조일 때 우리들 삶도 완성되고 충만감으로 가득하지 않겠나."

"듣고 보니 그렇기도 하네. 같은 문제를 두고 왜 저번과 다른 말을 하냐?"

무슨 심보이던지 그날따라 필무가 옆에서 어깃장을 놓는 터라 마휘는 하던 말을 중단하기로 했다.

"응. 그럴 것도 같구나. 내가 좀 중언부언을 했나? 그렇다면 본래 정답이 없는 문제라 그렇다고 생각해둬. 그렇지만 저번에는 오답誤答이었지만 이번에는 정답일거라고 생각하면 어떻겠냐?"

"하여튼 사람 헷갈리게 하는 데는 뭐가 있다니까. 이 히힛."

"누구에게나 삶에 대한 불만이나 후회는 없지 않을 테지. 그렇다고 인간은 다시 태어날 수도 없거니와 후회한다고 또 고쳐지는 것도 아니잖아. 그래서 이제라도 기왕 태어난 내 인생~, 한 때라서 더 아름답게 살아야겠다는 것이 중요하다는 게 내 생각이야. 누구나 나중에라도 세상은 참 아름다웠노라고 할 수 있다면 아주 성공한 인생일 테고~."

그 말에 병지가 말했다.

"그래. 꿈을 현실로 하는 때면 가능할 테지."

"삶이란 시뮬레이션이나 리허설이 허용되지 않는 것이었어. 인간이 위대하다는 것은 그런 삶을 살고 있다는 것 아니겠냐. 그러면서 우리는 지금까지 우리 자신을 너무 홀대한 것 아닌가 하는 생각이야. 우리들도 충분히 칭찬을 누릴만한 가치가 있을 텐데 말야."

그랬지만 뭔가 부족하던 것은 어쩔 수 없었다.

"그럴까…?"

병지는 역시 동의할 수 없어 하는 모습이었다.

"……우리는 그냥 이 세상으로 온 게 아니잖아. 3억 몇 천의 정자 가운데서 유일하게 선택 되었다는 사실을 모르냐? 그 사실을 간과한 게 우리들이야. 그래서 세상에 대한 불평불만만 쏟아낸다는 건 잘못된 것이라고 생각해. 우리는 불평하는 데만 너무 경도되었던 것 같아. 그래서 이제 그런 생각은 좀 버려야 할 것 같다니까."

"우리는 축복을 몰랐다는 건가?"

병지의 말을 받아서 마휘가 하게 되었다.

"옳은 말씀. 그렇다고 할 수 밖에~. 그동안 우리는 사는 데 너무 골몰한 나머지 우리 자신을 너무 괴롭히고 학대했던 게 사실이지. 그래서 이제라도 우리들 자신한테 단 한 줄이나마 참회문懺悔文을 쓰는 게 어떨까 해. 앞으로 다시는 불평불만을 않고 이 세상에 한 번 온 그 영광을 훼손되지 않게 하며 있는 그대로의 나를 사랑하리라고 말야. 내 삶을 내가 축복하지 않으면 누가 하겠냐. 인생은, 어떤 결론이나 결과가 있어야 하는 프로젝트도 아니잖아. 승패가 걸린 경기도 아니야. 그래서 그저 우리대로 우리식으로 살아가면서 얼마나 충만하게 불만 없이 하루하루를 만족하느냐 그것이라고 생각해."

"우린 죽음이라는 것과도 동거한다고 할까? 안 그렇냐?"

"…죽음? 왜 거기서 죽음이 나오냐?"

"생각해 봐. 길지 않은 생애에서 날마다 하루씩 빠져 나가는 것은 이 세상에서 우리들의 생명이야. 그런데 누구도 그걸 의식하지 못하던 것 아니겠냐?"

하긴, 그걸 알아야 삶을 제대로 관리할 수 있을 것이었다. 삶은 곧 죽음 앞으로 다가가는 과정일 뿐이라는 사실은 간과 되어 있던 것이다. 거기에 인간 역시 모순적이던 것은 하루하루 죽음 앞으로 다가가면서 잘살았노라고 우기지만 그건 착각일 뿐이었다. 인간의 삶이란 그 하루하루를 흘러 보낸 기록에 지나지 않았다. 그렇다. 그리고 보면 죽음한테 삶을 도둑맞는 꼴에 다름 아니기도 했으니 말이다.

마휘는 자신이 했던 말에서 모순이 아닌가 하는 생각이라 그만 입을 다물고 말았다.

이제 하늘에는 노을도 지워지고 어둠이 내리고 있었다.

어둠 속으로 한 줄기 바람이 불었다.

〈 〉

장이 선다는 날이라 모두 나서기 했다. 구실이야 어떻든 이것저것 살 것이 없던 것도 아니었다. 나서려는데 병지가 걱정스러운 말을 했다.

"혹시, 우리가 없는 사이 군청에서 인부들을 데리고 철거하러 온다면 어떡하지?"

"아무리 그렇기로 아무 사전 통보도 없이 그렇게 할려고? 그럴 리야 없겠지."

"몰라라. 못 믿을 손 세상일이라……."

아무리 그렇기로 불각 중에야 오겠는가 하는 일말의 기대만으로 그냥 장으로 가기로 했다.

나서고 보니 그랬다. 장으로 가는 길이 웬지 마냥 즐겁지만은 않았다.

그때 마휘는 머릿속에서 바람이 일었다. 그 바람은 이상했다. 그 바람이 몰아오던 것은 삶이 낳은 부산물이기도 했다. 부산물에는 낯설고 칙칙한 권태감도 없지 않았는데 난데없이 그 바람을 따라 마휘의 걸음이 비칠거리던 것이었다.

바람이 앞서고 마음이 뒤따르면서 발걸음이 허둥거리던 것은 계속 되었다. 어제라서 굳힌 마음이 오늘따라 왜 흔들리던지 알 수 없는 노릇이었다. 도대체 그 같은 권태감이 왜 하필 그때서야 나타나 길을 가로막듯 하던 지도 알 수 없었다. 하여튼 외나무다리에서 원수를 만난 기분이던 것은 어쩔 수 없었다. 해괴하게도 그 권태감은 삶에 대한 변명도 허용되지 않는다는 사실이었다.

군청의 철거 때문이던 것일까. 그랬지만 군청에서의 철거 통보는 그때까지 오지 않았던 것이다. 그래서 나중에 어떻게 되든 우선 염소 몇 마리와 닭을 좀 사다 놓고 보자던 쪽으로 의견이 모아졌던 것도 며칠이 되었다.

 병지와 필무가 앞서고 마휘가 뒤서게 되었다.

 마휘는 마음이 무거웠다. 생각은 그랬다. 어쩌면 돌아오지 않을지도 모른다는 생각이라 서글픈 바도 없지 않았던 것이다.

 나서던 걸음을 멈추고 한 번 뒤돌아보기도 했다. 기분으로 말하면 그랬다.

 마음 또한 다르지 않던 것이라 어쩌면 돌아오는 길이 없지 않을까 하는~, 그래서 그 길에서 발자국마저 지워버리고 싶었지만 마휘는 그런 말을 병지며 필무에게 하지는 못했다.

 그동안 동고동락했던 시간들~. 눈물처럼 서린 가슴으로 나누었던 사연들~. 그런 것들도 어쩌면 마지막일는지 모를 일이라고 생각했다. 이제 어떻게 될지 모르기도 했다.

 마휘는 자신의 내부에 들앉아 있는 어떤 그놈을 멱살 채 잡아 당장 요장을 내고 싶었던 것이 한두 번이 아니었지만 짐짓 자신으로서는 그 마저도 쉬운 일이 아니었던 것이다. 삶이 그릴 수 없는 난해한 그림이던 것은 그로해서 파생된 것이기도 했으니 말이다.

 앞서거니 뒤서거니 해서 그들 세 사람이 장터에 도착했을 때는 해도 중천에 다다라 있었다.

 장터 초입에서 사람들을 맞던 것은 전신주에 걸려서 펄럭거리는 커다란 플랜카드였다. 〈소매치기를 조심합시다〉

 꽤 큰 장터였지만 사는 사람 파는 사람으로 북적이던 터라 어수

룩한 촌사람들 주머니는 제 것으로 생각하는 게 소매치기라는 소리가 이 장바닥에서는 예사로 파다해서 거짓말이 아니라 했다.

정말 장터는 장터였다. 없는 것 빼고 다 있다는 게 장터였다. 곳곳에서 모여 든 잡다한 사람들로 북적이는 곳이라 그들을 따라서 거기까지 도달한 것은 잡다한 생활상이었다.

그렇듯 장터는 무질서하게 북적였고 시끌벅적한 가운데서 무질서가 또한 질서가 되었다. 온갖 냄새라는 냄새기 거기에 또 합세를 했다. 그래서 후각이 고생깨나 각오해야 했다.

사람들 등 뒤에서는 고개를 빼 들고 어깨 너머로는 기웃거리며 무엇을 팔고 있는지를 살펴야 했고 때로는 까치발을 해야 할 지경이기도 했다. 어떤 것을 사야 할지도 챙겨야 하는 쪽으로는 짐짓 정신이 없을 정도였다.

그때였다. 누군가 어깨를 툭, 치며 하는 소리였다.

"이거, 누구야?"

"어…?"

마휘가 돌아보니 마지막 근무지에서 같이 근무했던 옛 동료 김金이었다.

내심으로는 난처하던 것이 그때 마휘였지만 그런 걸 내포할 수는 없었다.

"이 장터에는 웬일이냐?"

김이 하는 말이었다.

그랬지만 김은 형사근무 중이던가 보았다.

"응. 뭘 좀 살까 해서~. 그런데 넌 시장하고는 관계없는 것 아냐?"

"상관없는 걸 상관하고 있는 게 현실인 데야 어쩌겠냐. 백 없고 능력 없으면 어디든 가라면 가야하는 게 우리들이잖아. 달리 별 수 있냐."

그런 현직의 생리를 마휘라고 모르던 바는 아니었다.

"그래. 어디면 어떠냐. 마음 편하면 됐어. 세상사라는 게 다 그렇잖아."

둘은 서로의 처지를 그저 위로하고자 그런 말을 했을 뿐이었다.

"그런데, 뭘 구하려 왔냐?"

"응. 별 건 아니고……,"

"그렇지만 이런 장날이면 소매치기나 잡으려 나온 처지가 아니라서 다행이야."

"소매치기라도 잡을만하니 다행이잖아."

"그건 그렇고……. 듣기로 넌 탄광으로 들어갔다는 소문이더니 어떠냐?"

마휘는 그 동료 앞에서는 부끄럽거나 숨길 것이 없기도 했다.

둘은 잠시 비켜서 나무 그늘 아래에 쪼그리고 앉아 그동안의 이야기를 털어놓게 되었다. 한동안 듣고 있던 김이 엉뚱한 소리를 하던 것이라 마휘는 이건 아니다 하는 생각이었지만 뭔가 늦은

때였다.

"뭐 꼭 그렇게 생각할 게 있냐? 그를 이 험한 세상 고달픈 삶에서 해방 시켜줬다고 생각하는 때면 오히려 적선한 셈이지. 안 그렇냐?"

그 말은 노회한 공무원이면 자신의 업무에 대해 어떤 변명도 끌어다 대던 숫법이나 다름이 없다는 걸 알았다. 그런 건 공무원의 마인드이기도 하던 것이었다. 그래서 마휘는 너무 동떨어졌나 고 생각되어 펄쩍 할 노릇이기도 하던 것이 그때였다.

"그건 지나친 모독이야."
"아니지. 다시 생각해 보라고~."

반대의 뜻으로 마휘가 한 그 말끝에 김은 단연 반대였다.

"세상사란 돌아가는 회전목마라고 했어. 그래서 하는 말이라면 모든 세상사는 장난이라고 할까. 인간이 산다는 게 그렇더군. 말하자면 장난 같은~. 인간은 그 장난에 맞춰 놀아나는 광대일 뿐이야. 울고 웃는 광대~, 그게 우리 인간인 거야."

"그건 아냐. 눈물 나게 험한 이 세상살이에 사람이 사람으로 산다는 것은 힘들지만 그건 또 아냐."

그러다 입을 다물고 말았다.

그때 요동을 치던 것은 마휘의 내부였다.

~사람이라고 사람이 아니다. 사람이어야 사람이다.

앞뒤 없이 자신을 윽박지르며 내닫는 그 말~.

마휘는 그만 달리할 말을 잃고 말았던 것이다.
김은 자신의 논박에 대해 물러서지 않았다.
"가해자니 뭐니 하며 괴로워해 봤자 소용없는 일이야. 죽은 사람이 살아서 돌아올 리도 없거니와 네게 득이 되는 것도 아니잖냐. 그러니 지금은 살아 있는 사람 위주로 생각해야 하지 않겠나. 뭐 별 수가 있겠냐."
어쩌면 그것이 공직에서만 살아 온 김의 한계이던지 모를 노릇이었다.
김과 헤어진 마휘는 필무와 병지 등 함께 난전에 앉아 국밥으로 늦은 점심을 때우기로 했다.
그들이 해야 할 일은 장을 보는 것이었다. 그래서 이것저것 살피다 새끼 염소 두 마리에 수탉 한 마리 암탉 두 마리를 사는 것으로 장보기를 끝내고 울타리에 들러 칠 철망을 사서 장터를 벗어나 터덜터덜 돌아오게 되었다.
닭이 계란을 낳아 그 계란으로 부화해서 몇 마리의 병아리가 되는 동안 염소도 새끼를 낳을 테고 그 새끼가 성장해서 다시 새끼를 낳을 때면 목축업도 자리를 잡게 되지 않겠는가. 그러다 보면 세월이 가게 되고 목축업도 급기야 번창하리라고 생각했다. 그 같은 생각은 어디까지나 꿈의 설계에 지나지 않았지만 말이다.
장터에 뭔가를 남겨 둔 것처럼 기분은 마냥 허전했다.
돌아오는 길에 해가 기울고 있었다.

하루 해가 기울고 그로 해서 걸어가는 그들을 따라 길게 뻗은 그림자가 흐느적거렸다.

맨 앞에 병지가 서고 뒤따르던 것은 필무였다. 그 다음에 마휘가 걷고 있었다.

앞서거니 뒤서거니 해서 걸어가는 발걸음들~. 돌아가는 길이건만 왠지 허전했다. 그런 허전함으로 이유 모를 만감이 교차하기도 하던 것이었다.

하루를 다하고 돌아가는 길은 산만하던 장터와는 달랐다. 온갖 가지 상품들이 펼쳐지고 약속한 것처럼 각지에서 사람들이 모여들던 곳이 장터였다. 장터는 가히 서민들의 삶의 전시장이나 다름이 없다고 해도 틀린 말은 아니었다.

소문을 앞세우고 모여든 사람들 같은 웅성거림~. 하나같으면서 전혀 하나같지 않은 잡다한 인간군상들~, 봉물장사꾼들의 그저 펼치기만 하던 보따리 좌판~, 상품처럼 묶은 가축을 바지개로 지고 나온 농부들~, 가족처럼 동거하며 논밭에서 함께 땀 흘렸던 소를 몰고 나오느라 삼킨 울음을 그예 훌쩍이는 주름진 얼굴~, 그 모두가 오늘 시장 바닥에 전시된 삶의 풍경들이었다. 사람과 상품이 자아내던 이 같은 풍경들은 인간 생활의 한 단면이던 것이라고 할까.

장터는 그런 곳이었다. 장터라는 특성은 고함 소리도 한 몫 하던 것이었다. 잡다한 풍경 속에는 온갖 몸짓들 또한 없지 않았다.

사고 파느라 흥정하는 모습이 마치 아귀다툼이 난무하는 것처럼 투박해서 난장판을 방불케 하던 풍경이며 이 마을 저 고을에서 모여 든 장삼이사 핫바지 민저고리들의 헐렁한 모습은 왠지 그다지 낯설지 않으면서 어딘지 정겨운 모습이기도 했다.

그 모두가 벌거벗은 생활을 드러내 놓고 치열하게 살아가는 인간들의 적나라한 모습의 한 단면이기도 하던 장터~. 그래서 사람 사는 것은 어디서나 하나 다를 것이 없다는 말이 빈 말이 아니라는 걸 실감케 하던 것이 또 거기 장바닥이기도 했으니 말이다.

어딘들 뭐 하나 다를 게 있을까. 다를 것이라고는 없었다. 돌아보는 때면 자신이라고 하나 다르지 않다는 걸 마휘는 거기 장바닥에서 새삼 확인하게 되었던 것이다.

그랬다. 쫓기듯 살아 온 나날의 그 구차한 시간, 시간들~. 눈을 뜨자 헐레벌떡 해서 달려가던 출근 길~, 무엇을 했는지도 모르는 하루를 보내고 돌아보면 혼자만 남아 있던 퇴근시간의 허망함. 만원 버스에 실려 정류장을 세며 돌아가는 길. 차창 밖을 바라보며 흔들리는 피로감에 감겨서 흐느적거리는 육신, 한 번 가면 되돌아 올 줄 모르는 미련의 그 하루. 땀 흘렸던 시간이었건만 돌아보면 남은 것이라곤 아무 것도 없는 빈 가슴~,

터덜터덜 걷다 만난 포장마차에서 허전함을 달래느라 마신 몇 잔 술은 텅 빈 가슴을 적시다 못해 눈물이 되어 흐르던 일~. 이게 사는 것인가 하고 곧잘 비틀거리던 어두운 기억~. 낯익은 골목길에서 아침에 나온 집을 찾지 못해 전신주에 기대섰던 뜻 모를 밤 등~.

이제 그런 것마저 모두 그저 흘러 간 추억이고 폐허 같은 과거일 뿐이었다. 그랬지만 지나간 세월이 뭔가 미진하던 것은 결코 가슴이 비어 있기 때문은 아니었다. 그렇더라도 무엇으로도 그 자리를 채울 수는 더욱 없었다.

삶이란 그 한 나절의 춤에 지나지 않던 것, 그리하던 지라 오죽하면 인간 한 평생을 두고 일장춘몽 場春夢이라 했겠는가. 아니, 어쩌면 아까 김이 말했던 대로 광대놀음에 다름 아니던지 모를 일이었다.

그래서 인간의 삶이란 한 나절의 춤에 지나지 않는다면 아무 것도 쥔 것 없는 손이라 하더라도 한탄할 일도 아닌지 모를 노릇이었다.

봄꿈에 젖어 한바탕 꾸다 깨어보니 꿈은 간 곳 없고 낮달처럼 허망함만 가득하다는~. 삶이란 그럴진대 춤인들 무슨 대수겠는가.

하지만 삶이란 나선 걸음과 같아 걷지 않을 수 없는 발걸음이고 또 그 여정旅程의 과정이기도 하지 않겠는가. 그렇지만 걷다 보면 그게 또 세상을 만나러 가는 것이기도 하던지 모르기에 말이다.

그렇듯 아무도 모르는 내일을 향해 오늘도 걸어야 하는 나그네에 다름 아니던 것이 우리네 삶이었던 것이다. 껍질을 등에 멘 게 고등 같은 삶~. 그건 운명이었고 벗어날 수는 없는 것이기도 했다. 그랬지만 인간은 다시 태어나도 역시 인간일 수밖에 없었다.

 젊은 한 시절, 어느 시점에서 자신이 뜻한 바와 다른 방향으로 내닫는 기차를 잘못 탄 것을 두고 자신으로서는 어쩔 수 없다는 체념이었다면 그건 분명 운명이라 할 수밖에 없던 것도 인생사가 아니겠는가.

 인간의 삶이란 그렇게 운명과 싸운 한 페지 역사에 다름 아니라 할 수밖에 없었다.

 사노라고 허덕이다 보니 모든 날들은 흘러가고 이제 남은 것이라면 잎새 떨어진 겨울 나목 같은 남루한 허망함과 마주할 수밖에 없는 시간 앞에 섰던 자신을 위로조차 할 수 없다는 것은 견딜 수 없는 일이기만 했다. 그렇지만 이제 어떻게든 삶을 위로해야할 사람은 자신밖에 없는 데야 또 어쩌겠는가.

 눈물과 슬픔이 함께했던 자신의 삶의 여정을 두고 인간이기에 해야 하던 위로~.

 인생, 산다는 게 다 그런 것인지 모를 일이기도 했다.

 그랬다. 마휘가 오늘 날까지 삶이 무엇인가 하며 곱씹으며 허덕였던 것은 자신의 삶에는 오로지 슬픔과 눈물이 축적되어 있던 것 때문이라 생각했다.

 뿐이랴. 토할 수 없는 슬픔과 쏟아낼 수 없는 눈물 또한 오늘의 자신을 만들었다는 것은 부인할 수 없던 것도 사실이었으며 그리하여 자신을 여기까지 끌어다 놓은 운명과도 다르지 않던 것에도 동의하지 않을 수 없었다.

슬픔과 눈물에마저 뿌리내리지 못한 삶~. 때문에 자신은 세상 끝까지 그 삶과 함께해야 하리라는 생각을 버릴 수가 없었다. 그것이 세상에서 인생을 사는 이치이던지 모르기 때문이었다.

이치는 그것만이 아니었다. 오늘은 미래의 과거일 뿐이다. 지나고 보면 우리들 삶도 과거에 묻혀서 사라지던 것이 이치이지 않겠는가.

어느 날이던가. 비가 내리는 날 무연히 앉았던 병지가 불쑥 하던 말이 생각났다.

"우리들이 이 삶이라는 대본 없는 연기를 하는 동안 여기까지 오게 되었어. ……언젠가 막이 내리고 장내 불이 꺼지는 때면 아, 그 연극 잘 보았어 하는 소리가 터져 나와야 할 텐데 그럴 수 있을까?"

사실 거기에 대해 누구도 대답하질 못했던 것이다. 다들 자신이 없었기 때문이었다.

그들과 걷고 있던 것은 하루 해도 다한 길 위에였다. 길게 뻗은 그림자가 보조를 맞춰서 니죽니죽 따라 걷는다는 관성으로 열심히 움직이고 있었다.

이변이 일어났던 것이 그때였다.

묵묵히 걷고 있는 줄로만 알았던 필무가 놀란 나머지 갑자기

외마디 비명을 질렀던 것이다. 그래서 함께 걷고 있던 마휘까지 놀라지 않을 수 없었다.

"야, 병지, 너 어째 그림자가 없냐?"

그러고 보니 병지는 그림자가 없었다.

사람은 셋인데 그림자는 둘 뿐이었다. 그랬으나 병지는 놀라는 기색이 아니었다. 다만 기죽은 소리로 천연덕스럽게 하던 게 그 소리였던 것이다.

"응. 데려오질 못했어. 그래서 시장 바닥 거기에 그냥 두고 왔는 걸."

평소 같지 않게 병지는 어째 활기까지 잃은 모습이었다.

기운 오후의 햇살로 거기까지 따라온 그림자라고 따로 말이 있던 것은 아니었다.

사람은 셋인데 둘 뿐인 그림자.

"뭐, 뭐야? 무슨 소리냐고? 두고 오다니? 그림자를……, 왜 두고 오냐?"

필무가 다급해서 숨을 헐떡이며 다시금 그렇게 소리를 질렀다.

"응. 사람값을 하지 않아 같이 못 가겠다고 했어."

그 소리에 필무는 그만 어안이 벙벙한 모양이었다. 잠시, 멍해 하던 다음이었다.

그렇다. 사람값은 또 무슨 소리인가. 아니, 사람은 무엇으로 사람값을 하던 것일까.

"뭐야? 무, 무슨 소리냐? 그게~."

영문 모를 소리에 필무가 그렇게 고함을 질렀지만 반응은 역시 공허할 뿐이었다.

"어쩌냐. 그냥 두고 올 수밖에는~."

"거, 무슨 소린지 모르겠구나. 당당하게 하지 그랬어."

"내 인간 과오가 많거든. 그런데 어떻게 당당하게 하냐."

그러던 다음 병지가 하던 것은 혼자 소리 같은 말이었을 뿐 변명은 되지 못했다.

"낯선 장터 뭇 장꾼들 발자국에 밟히지나 않을는지 모르겠어."

"그런, 뻔한 것을 왜 그냥 두고 오냐?"

"사람값 하지 않아 같이 못 가겠다고 하는 걸 어떡해."

"쯧. 그럼 어떡하냐?"

"어떡하긴 뭘 어떡하냐. 사람값 해서 데려 와야지."

#〈 〉

"우리는 사람값 하고 사는 거다."

뒤늦게야 마휘가 하는 그 말에 따라 필무와 병지가 목청껏 후렴구後斂句를 다는 바람에 선창先唱이 되고 말았다.

"그래. 사람값 하고 사는 거닷!"

"우리는 부끄럽지 않은……!"

"부, 끄, 럽, 지, 않~ 은……!!"

"사람으로서, 사람값…… 하고 사~는 거~닷!"
"우리는 사람이닷…~!"
그 같은 절규를 앞세우고 그들은 겨울밤의 기러기 떼처럼 일렬 종대를 이룬 채 걸어가고 있었다.
낙원촌 가는 길은 아득하기만 했다. 〈 # 〉

윤진상 장편소설
빛과 그림자

인쇄 2025년 11월 24일
발행 2025년 11월 28일

지은이 윤진상
발행인 서정환
펴낸곳 신아출판사
주소 서울시 종로구 삼일대로 32길 36(익선동 30-6 운현신화타워) 305호
전화 (02) 3675~3885, 010~3231~4002
팩스 (063) 274~3131
이메일 sina321@hanmail.net
출판등록 제465~1984~000004호
인쇄·제본 신아출판사

저작권자 ⓒ 2025, 윤진상
이 책의 저작권은 저자에게 있습니다. 서면에 의한 저자의 허락없이 내용의 일부 인용하거나 발췌하는 것을 금합니다.
COPYRIGHT ⓒ 2025, by Yoon Jinsang
All rights reserved including the rights of reproduction in whole or in part in any form.
저자와 협의, 인지는 생략합니다.
잘못된 책은 바꿔 드립니다.

ISBN 979-11-24068-32-8 (03810)
값 15,500원

Printed in KOREA